O BURRINHO PEDRÊS

João Guimarães Rosa

O BURRINHO PEDRÊS

São Paulo
2021

Copyright dos Titulares dos Direitos Intelectuais de JOÃO GUIMARÃES ROSA: "V Guimarães Rosa Produções Literárias"; "Quatro Meninas Produções Culturais Ltda." e "Nonada Cultural Ltda."
1ª Edição, Global Editora, São Paulo 2021

    Jefferson L. Alves – diretor editorial
    Gustavo Henrique Tuna – gerente editorial
    Flávio Samuel – gerente de produção
    Juliana Campoi – coordenadora editorial
    Thalita Pieroni – revisão
    Cláudia Scatamacchia – capa
    Fabio Augusto Ramos – projeto gráfico

DADOS INTERNACIONAIS DE CATALOGAÇÃO NA PUBLICAÇÃO (CIP)
(CÂMARA BRASILEIRA DO LIVRO, SP, BRASIL)

Rosa, João Guimarães
  O burrinho pedrês / João Guimarães Rosa. – 1. ed. – São Paulo : Global Editora, 2021.

  ISBN 978-65-5612-063-8

  1. Ficção brasileira I. Título.

20-52216   CDD-B869.3

Índices para catálogo sistemático:
1. Ficção : Literatura brasileira B869.3
Aline Graziele Benitez - Bibliotecária - CRB-1/3129

Direitos Reservados

global editora e distribuidora ltda.
Rua Pirapitingui, 111 — Liberdade
CEP 01508-020 — São Paulo — SP
Tel.: (11) 3277-7999
e-mail: global@globaleditora.com.br

 globaleditora.com.br   /globaleditora
 blog.globaleditora.com.br   /globaleditora
 /globaleditora   /globaleditora
 /globaleditora

Colabore com a produção científica e cultural.
Proibida a reprodução total ou parcial desta obra sem a autorização do editor.

Nº de Catálogo: **4500**

"E, ao meu macho rosado,

carregado de algodão,

preguntei: p'ra donde ia?

P'ra rodar no mutirão."

(Velha cantiga, solene, da roça.)

Era um burrinho pedrês, miúdo e resignado, vindo de Passa-Tempo, Conceição do Serro, ou não sei onde no sertão. Chamava-se Sete--de-Ouros, e já fora tão bom, como outro não existiu e nem pode haver igual.

Agora, porém, estava idoso, muito idoso. Tanto, que nem seria preciso abaixar-lhe a maxila teimosa, para espiar os cantos dos dentes. Era decrépito mesmo à distância: no algodão bruto do pelo — sementinhas escuras em rama rala e encardida; nos olhos remelentos, cor de bismuto, com pálpebras rosadas, quase sempre oclusas, em constante semi-sono; e na linha, fatigada e respeitável — uma horizontal perfeita, do começo da testa à raiz da cauda em pêndulo amplo, para cá, para lá, tangendo as moscas.

Na mocidade, muitas coisas lhe haviam acontecido. Fora comprado, dado, trocado e revendido, vezes, por bons e maus preços. Em cima dele morrera um tropeiro do Indaiá, baleado pelas costas. Trouxera, um dia, do pasto — coisa muito rara para essa raça de cobras — uma jararacussú, pendurada do focinho, como linda tromba negra com diagonais amarelas, da qual não morreu porque a lua era boa e o benzedor acudiu pronto. Vinha-lhe de padrinho jogador de truque a última intitulação, de baralho, de manilha; mas, vida a fora, por amos e anos, outras tivera, sempre involuntariamente: *Brinquinho*, primeiro, ao ser brinquedo de meninos; *Rolete*, em seguida, pois fora gordo, na adolescência; mais tarde, *Chico-Chato*, porque o sétimo dono, que tinha essa alcunha, se esquecera, ao negociá-lo, de ensinar ao

O burrinho pedrês

novo comprador o nome do animal, e, na região, em tais casos, assim sucedia; e, ainda, *Capricho*, visto que o novo proprietário pensava que Chico-Chato não fosse apelido decente.

A marca-de-ferro — um coração no quarto esquerdo dianteiro — estava meio apagada: lembrança dos ciganos, que o tinham raptado e disfarçado, ovantes, para a primeira baldroca de estrada. Mas o roubo só rendera cadeia e pancadas aos pândegos dos ciganos, enquanto Sete-de-Ouros voltara para a Fazenda da Tampa, onde tudo era enorme e despropositado: três mil alqueires de terra, toda em pastos; e o dono, o Major Saulo, de botas e esporas, corpulento, quase um obeso, de olhos verdes, misterioso, que só com o olhar mandava um boi bravo se ir de castigo, e que ria, sempre ria — riso grosso, quando irado; riso fino, quando alegre; e riso mudo, de normal.

Mas nada disso vale fala, porque a estória de um burrinho, como a história de um homem grande, é bem dada no resumo de um só dia de sua vida. E a existência de Sete-de-Ouros cresceu toda em algumas horas — seis da manhã à meia-noite — nos meados do mês de janeiro de um ano de grandes chuvas, no vale do Rio das Velhas, no centro de Minas Gerais.

O burrinho permanecia na coberta, teso, sonolento e perpendicular ao cocho, apesar de estar o cocho de-todo vazio. Apenas, quando ele cabeceava, soprava no ar um resto de poeira de farelo. Então, dilatava ainda mais as crateras das ventas, e projetava o beiço de cima, como um focinho de anta, e depois o de baixo, muito flácido, com finas falripas, deixadas, na pele barbeada de fresco. E, como os dois cavos sobre as órbitas eram bem um par de óculos puxado para a testa, Sete-de-Ouros parecia ainda mais velho. Velho e sábio: não mostrava sequer sinais de bicheiras; que ele preferia evitar inúteis riscos e o dano de pastar na orilha dos capões, onde vegeta o cafezinho,

João Guimarães Rosa

com outras ervas venenosas, e onde fazem voo, zumbidoras e mui comadres, a mosca do berne, a lucília verde, a varejeira rajada, e mais aquela que usa barriga azul.

De que fosse bem tratado, discordar não havia, pois lhe faltavam carrapichos ou carrapatos, na crina — reta, curta e levantada, como uma escova de dentes. Agora, para sempre aposentado, sim, que ele não estava, não. Tanto, que uma trinca de pisaduras lhe enfeitava o lombo, e que João Manico teve ordem expressa de montá-lo, naquela manhã. Mas, disto último, o burrinho não recebera ainda aviso nenhum.

Para ser um dia de chuva, só faltava mesmo que caísse água. Manhã noiteira, sem sol, com uma umidade de melar por dentro as roupas da gente. A serra neblinava, açucarada, e lá pelas cabeceiras o tempo ainda devia de estar pior.

Sete-de-Ouros, uma das patas meio flectida, riscava o chão com o rebordo do casco desferrado, que lhe rematava o pezinho de Borralheira. E abria os olhos, de vez em quando, para os currais, de todos os tamanhos, em frente ao casarão da fazenda. Dois ou três deles mexiam, de tanto boi.

Alta, sobre a cordilheira de cacundas sinuosas, oscilava a mastreação de chifres. E comprimiam-se os flancos dos mestiços de todas as meias-raças plebeias dos campos-gerais, do Urucúia, dos tombadores do rio Verde, das reservas baianas, das pradarias de Goiás, das estepes do Jequitinhonha, dos pastos soltos do sertão sem fim. Sós e seus de pelagem, com as cores mais achadas e impossíveis: pretos, fuscos, retintos, gateados, baios, vermelhos, rosilhos, barrosos, alaranjados; castanhos tirando a rubros, pitangas com longes pretos; betados, listados, versicolores; turinos, marchetados com polinésias bizarras; tartarugas variegados; araçás estranhos, com estrias concêntricas no

O burrinho pedrês

pelame — curvas e zebruras pardo-sujas em fundo verdacento, como cortes de ágata acebolada, grandes nós de madeira lavrada, ou faces talhadas em granito impuro.

Como correntes de oceano, movem-se cordões constantes, rodando remoinhos: sempre um vai-vem, os focinhos babosos apontando, e as caudas, que não cessam de espanejar com as vassourinhas. Somam-se. Buscam-se. O crioulo barbeludo, anguloso, rumina, estático, sobre os maus aprumos, e gosta de espiar o céu, além, com os olhos de teor morno, salientes. O espúrio gyr balança a bossa, cresce a cabeçorra, vestindo os lados da cara com as orelhas, e berra rouco, chamando a vaca malabar, jogada para o outro extremo do cercado, ou o guzerate seu primo, que acode à mesma nostalgia hereditária de bois sagrados, trazidos dos pascigos hindus do Coromândel ou do Travancor. Mudo chamado leva o garrote moço a impelir toda uma fileira, até conseguir aproximar-se de outro, que ele antes nunca viu, mas junto do qual, e somente, poderá sentir-se bem. E quando o caracú-pelixado solta seus mugidos de nariz fechado, começando por um eme e prolongando-se em rangidos de porteira velha, respondem-lhe o lamento frouxo do pé-duro e o berro em buzina, bem sustido e claro, do curraleiro barbatão.

De vez em quando, rebenta um tumulto maior.

O pantaneiro mascarado, de embornal branco e quatrólhos, nasceu, há três anos, na campina sem cercas. Não tem marca de ferro, não perdeu a virilidade, e faz menos de seis meses que enxergou gente pela primeira vez. Por isso, pensa que tem direito a mais espaço. Anda à roda e ataca, espetando o touro sertanejo, que encurva o arcabouço de bisonte, franjando um leque de dobras no cachaço, e resolve mudar de vizinhança. Devagar, teimoso, força o caminho, como sabem fazer boamente os bois: põe todo o peso do corpo na frente e nas pontas das hastes, e abre bem o compasso das patas dianteiras, enterradas até aos garrões no chão mole, sustentando a conquista de cada centímetro. O boieco china se espanta, e trepa na garupa do franqueiro, que foge, tentando mergulhar na massa. Um de cernelha corcovada, boi sanga sapiranga, se irrita com os grampos que lhe arpoam a barriga, e golpeia com a anca, aos recuões. A vaca bruxa contra-esbarra e passa avante o choque, calcando o focinho no toutiço do mocho. Empinam-se os cangotes, retesam-se os fios dos lombos em sela, espremem-se os quartos musculosos, mocotós derrapam na lama, dansam no ar os perigalhos, o barro espirra, engavetam-se os magotes, se escoram, escouceiam. Acolá, nas cercas, — dando de encontro às réguas de landi, às vigas de guarantã e aos esteios de aroeira — carnes quadradas estrondam. E pululam, entrechocados, emaranhados, os cornos — longos, curtos, rombos, achatados, pontudos como estiletes, arqueados, pendentes, pandos, com uma duas três curvaturas, formando ângulos de todos os graus com os eixos das frontes, mesmo retorcidos para trás que nem chavelhos, mesmo espetados para diante como presas de elefante, mas, no mais, erguidos: em meia-lua, em esgalhos de cacto, em barras de cruz, em braços de âncora, em crossas de candelabro, em forquilhas de pau morto, em puãs de caranguejo, em ornatos de satanás, em liras sem cordas — tudo estralejando que nem um fim de queimada, quando há moitas de taboca fina fazendo ilhas no capinzal.

Agora, se alertam, porque pressentem o corisco. Esperam que a trovoada bata pilão, na grota longe, e então se sobrechegam e se agitam, recomeçando os espiralados deslocamentos.

Enfarado de assistir a tais violências, Sete-de-Ouros fecha os olhos. Rosna engasgado. Entorna o frontispício. E, cabisbaixo, volta a cochilar. Todo calma, renúncia e força não usada. O hálito largo. As orelhas peludas, fendidas por diante, como duas mal enroladas

O burrinho pedrês

folhas secas. A modorra, que o leva a reservatórios profundos. As castanhas incompletas das pernas. As imponentes ganachas. E o estreme alheamento de animal emancipado, de híbrido infecundo, sem sexo e sem amor.

Mas para ele não havia possível sossego. O cavalo preto de Benevides — soreiro fogoso, de pescoço recurvo em cauda de galo — desatou-se do moirão e vem desalojar o burrico da sua coxia. Está arreado; a jereba urucuiana, bicorcovada, fá-lo parecer uma sorte de camelo raso; os estribos de madeira batem-lhe os flancos; e arrasta entre as mãos a ponta do cabresto. Mas, ainda assim, não pode admitir, tão perto, a existência de um mísero mu. Então, sem ao menos verificar o que há, o matungo de Zé Grande espanca o tabique da coberta, o amarilho de Silvino saracoteia empinado, quase partindo o látego, e o poldro pampa, de finca-pé, relincha escandalosamente.

Mas Sete-de-Ouros detesta conflitos. Não espera que o garanhão murzelo volva a garupa para despejar-lhe duplo coice mergulhante, com vigorosa simetria. Que também, do outro lado, se assoma o poldro pampa, espalhando a crina e arreganhando os beiços, doido para morder. Sete-de-Ouros se faz pequeno. Escoa-se entre as duas feras. Desliza. E pega o passo pelo pátio, a meio trote e em linha reta, possivelmente pensando: — Quanto exagero que há!...

Passa rente aos bois-de-carro — pesados eunucos de argolas nos chifres, que remastigam, subalternos, como se cada um trouxesse ainda ao pescoço a canga, e que mesmo disjungidos se mantêm paralelos, dois a dois. Corta ao meio o grupo de vacas leiteiras, já ordenhadas, tranquilas, com as crias ao pé. E desvia-se apenas da Açucena. Mas, também, qualquer pessoa faria o mesmo, os vaqueiros fariam o mesmo, o Major Saulo faria o mesmo, pois a Açucena deu à luz, há dois dias, um bezerrinho muito galante, e é bem capaz de uma brutalidade sem aviso prévio e de cabeça torta, pegando com uma guampa entre as costelas e a outra por volta do umbigo, com o que, contado ainda o impacto da marrada, crível é que o homem mais virtuoso do mundo possa ser atirado a seis metros de distância, e a toda a velocidade, com alças de intestino penduradas e muito sangue de pulmão à vista.

E Sete-de-Ouros, que sabia do ponto onde se estar mais sem tumulto, veio encostar o corpo nos pilares da varanda. Deu de cabeça, para lamber, veloz, o peito, onde a cauda não alcançava. Depois, esticou o sobrebeiço em toco de tromba e trouxe-o ao rés da poeira, soprando o chão.

Mas tinha cometido um erro. O primeiro engano seu nesse dia. O equívoco que decide do destino e ajeita caminho à grandeza dos homens e dos burros. Porque: "quem é visto é lembrado", e o Major Saulo estava ali:

— Ara, veja, louvado tu seja! Hô-hô... Meu compadre Sete-de--Ouros está velho... Mas ainda pode aguentar uma viagem, vez em quando... Arreia este burro também, Francolim!

— Sim, senhor, seu Major. Mas, o senhor está falando sério, ou é por brincar?

— Me disseram que isto é sério. Fecha a cara, Francolim!

Com a risada do Major, Sete-de-Ouros velou os olhos, desgostoso, mesmo sem saber que eram donas de duras as circunstâncias. Francolim viera contar que não havia montadas que chegassem: abrira--se um rombo na cerca do fundo do pasto-do-açude, por onde quase toda a cavalhada varara durante a noite; a esta hora, já teriam vadeado o córrego e descambado a serra, e andariam longe, certo no Brejal, lambendo a terra sempre úmida do barreiro, junto com os bichos do campo e com os bichos do mato.

O burrinho pedrês

O Major dera de taca no parapeito, muitas vezes, alumiando raiva nos olhos verdes e enchendo o barrigão de riso. Depois, voltou as costas ao camarada, e, fazendo festas à cachorrinha Sua-Cara, que pulara para cima do banco, começou a falar vagaroso e alto, mas sem destampatório, meio rindo e meio bravo, que era o pior:

— Tenho vaqueiros, que são bons violeiros... Tenho cavalos ladinos, para furarem tapumes. Hô-hô... Devagar eu uso, depressa eu pago... Todo-o-mundo aqui vale o feijão que come... Hô-hô... E hoje, com um tempo destes e a gente atrasada...

Afinal, mandou Sua-Cara descer do banco, e se desvirou, de repente, encarando Francolim:

— Quantos animais ficaram, mulato mestre meu secretário?

— Primeiro que todos, o cardão do senhor, seu Major. Silvino, Benevides, e Leofredo, têm os cavalos lá deles... Zé Grande também, eu também... Tem o baio de seu Tonico... Tem o alazão... E o Rio-Grande. Eu até já estou achando que eles chegam, seu Major.

E Francolim baixava os olhos, sisudo, com muita disciplina de fisionomia.

— Francolim, você hoje está analfabeto. Pensa mais, Francolim!

— Tem também... Só se for o cavalo de silhão de sá dona Cota, mais o poldro pampa... É, mas esse não serve: o poldro já está com carretéis nas munhecas, mas ainda não acabou de ser bem repassado.

— O poldro vai, Francolim.

— Então, dão. Assim, estão todos.

— Conta nos dedos, Francolim. Têm de ir dez, fora nós dois.

— Falta um cavalo, seu Major!

— Francolim, você acertou depressa demais...

E o Major Saulo foi até à porta, para espiar o relógio da parede da sala. Maria Camélia chegou com a cafeteira e uma caneca. — "Quente mesmo? para velho?" — "De pelar, seu Major!" Sempre com a mão esquerda alisando a barriga, o Major Saulo chupava um gole, suspirava, ria e chuchurreava outro. E a preta e Francolim, certos, a um tempo, sorriam, riam e ficavam sérios outra vez. — "Dá o resto para o Francolim, mas sem soprar, Maria!" E o Major, já de cigarro na boca, se debruçava no parapeito, pensando alto:

— ...Boi para encher dois trens, e mais as vacas que vão ficar no arraial... Para a gente sair, ainda é cedo... Mas, melhor que chovesse agora, no modo de dar uma estiada com folga...

E nessa hora foi que Sete-de-Ouros se veio apropinquando, brando.

— Arreia este burro também, Francolim!

— Sim senhor, seu Major. Só que o burrinho está pisado, e quase que não enxerga mais...

— Que manuel-não-enxerga, Francolim! — e o Major Saulo parou, pensando, com um dedo, enérgico, rodante dentro do nariz; mas, sem mais, se iluminou: — São só quatro léguas: o João Manico, que é o mais *leviano*, pode ir nele. Há-há... Agora, Francolim, vá-s'embora, que eu já estou com muita preguiça de você.

Mas a preta Maria Camélia se foi, ligeira, levando o decreto do Major Saulo de novidade para a cozinha, onde arranchavam ou labutavam três meninas, quatro moças e duas velhas, afora gatos e cachorros que saíam e entravam; e logo se pôs aceso o mundo: — O João Manico vai tocar boiada no burrinho! Imagina só, meu-deus-do-céu, que graça!...

Porém, cá fora, a vaqueirama começava o corre-corre, pega-pega, arreia-arreia, aos gritos benditos de confusão. — "Vamos, gente, pessoal, quem vai na frente bebe a água limpa!" Voz pomposa, Raymundão, o branco de cabelo de negro: — "Sinoca, larga o que tem

O burrinho pedrês

dono, que esse coxonilho é o meu!" Com Sinoca, das Taquaras, que já teve pai rico: — "Desinvoca, Leofredo, fasta o seu macho para lá!" Daí Leofredo, magrelo, de cara bexiguenta, que se prepara cantando: — "Eu vou dar a despedida, como deu o bem-te-vi..." E Tote, homem sisudo, irmão de Silvino por parte de mãe, puxando o alazão, que não é mau: — "Ara, só, Bastião, com esse arreio de caçambas é que eu não vou, tocando sino de igreja..." Já Silvino, cara má, cuspindo nas mãos para dar um nó no rabo do seu café-com-leite de crinas alvas, grande esparramador de lama. E mais Sebastião, o capataz, pulando em cima do Rio-Grande — cavalo de casa, com uma andadura macia de automóvel, tão ligeira que ultrapassa o *picado* dos outros animais e chega a ser quase um meio-galope. E o bom Zé Grande, mexendo com a boca sem falar, para acabar de enrolar o laço no arção deitado do bastos paulista, e coçando um afago na tábua-do-pescoço do compacto Cata-Brasa, cavalão herdado, bastardo, pesado de diante como um muar e de cabeça volumosa, mas doutor para conhecer no campo as negaças da rês brava e para se esbarrar para a derrubada, *de seda* ou *de vara*. E Benevides, já montado — no Cabiúna manteúdo, animal fino, de frente alçada e pescoço leve, que dispensa rabicho mas reclama o peitoral, e é um de estimação, nutrido a lavagens de cozinha e rapadura, o qual não para um instante a cabeça, porque é o mais bonito de todos, com direito de ser *serrador*, e está sôfrego por correr; — Benevides, baiano importante, que tem os dentes limados em ponta, e é o único a usar roupa de couro de três peças, além do chapelão, que todos têm. Mas Sinoca, novamente, se assentando meio de-banda, por deboche de si mesmo, em cima do Amor-Perfeito, palafrém tordilho de Dona Maricota, que estranha o serigote, de tanto afeito ao silhão: — "Cavalo manso de moça só se encosta em tamborete..." — "Ô, gente, ô gente!" — "Desassa a tua mandioca!" E Juca

Bananeira, que dá uma palmada na anca do Belmonte — cavalo do menino da casa, desbocado, viciado e inventador de modas — e sobe, com excelência, perguntando:

— Eh, e o Badú? Qu'é do Badú?!...

— Francolim, Francolim! — chama o Major Saulo, caminhando sul-norte e norte-sul, na varanda, conversando com a cachorrinha.

— Não está aqui, não, seu Major... — anuncia de lá Benevides, que, com simples pressão de pernas nas abas da sela papuda, faz o corcel preto revirar nos cambitos; e logo ajuda a chamar:

— Ooó, Francolim!

As vacas fogem para os fundos do eirado, com os bezerrinhos aos pinotes. Caracoleiam os cavalos, com os cavaleiros, em giros de picadeiro. E Sua-Cara correu para latir, brava, no topo da escada.

— Badú, ó Badú!

— Já vem ele ali, Juca, foi se despedir da namorada...

Enfim surge Francolim, vindo da varanda do lado, mastigando qualquer coisa.

— Fui ver se tudo vai ficar em ordem, lá por dentro, seu Major.

— Olha para mim, Francolim: "joá com flor formosa não garante terra boa!"... Arrancha aqui, perto das minhas vistas.

E o Major Saulo aponta com a taca, na direção dos currais cheios:

— Boiada e tanto! Nem bem dois meses no meloso, vinte dias no jaraguá, e está aí esta primeira leva, berrando bomba de graúda. Nunca vi uma cabeceira-do-gado tão escolhida assim.

— Isto, seu Major. E só gordura honesta de bois. A gente aqui não faz roubo.

— E que é que eu tenho com os santos-óleos?

— Sim senhor, seu Major... Estou dizendo é que não é vantagem, no seu Ernesto, eles terem embarcado a cabeceira antes de nós, na

O burrinho pedrês

outra semana, porque eu agora estou sabendo que eles lá são mestres de dar sal com enxofre ao gado, para engordar depressa, gordura de mentira, de inchação!

— Cala a boca, Francolim. Estão todos assanhados, não cabendo no curral...

Quatrocentas e muitas reses, lotação de dois trens-de-bois. Na véspera, o Major Saulo saíra pela invernada, com os campeiros, ele escolhendo, eles apartando. O peso era calculado a olho. O preço fora discutido e combinado, em telegramas. E já chegara o aviso do agente: os especiais estavam esperando, na estação do arraial.

— Vá lavar sua cara, Francolim.

— Lavar cachorro a esta hora, seu Major?

— Não. Lavar sua cara mesma, de você. Há-há... Tempo de trabalho entrou, Sebastião...

Sebastião subira a escada e se chegara. Com polainas amarelas e pés descalços. Concordou. Ia dizer qualquer coisa, mas fechou a boca a tempo, porque o Major Saulo continuava olhando para a aglomeração de bois.

Nos pastos de engorda, ainda havia milhares deles, e até junho duraria o êxodo dos rebanhos de corte. E, como acontecia o mesmo em todas as fazendas de ali próximo, e, com ligeiras variantes, nas muitas outras constelações de fazendas, escantilhadas em torno das estaçõe-zinhas daquele trecho, era a mobilização anual da fauna mugidora e guampuda, com trens e mais trens correndo, vagões repletos, atochados, consignados a Sítio e Santa Cruz. Depois, nos meados da seca, os pastos se esvaziavam, e os boiadeiros tinham de espalhar-se em direção aos longínquos centros de cria, para comprar e arrebanhar gado magro. Pelas queimadas, já estariam de volta. Repouso. Primeiro sal. Primeiro pasto. Ração de sal todos os meses, na lua nova. E, pronto, recomeçar.

— Vai cair chuvinha fina, mas as enchentes ainda vão ser bravas. Este ano acaba em seis!... Pode ajuntar o povo, Sebastião. Chama Zé Grande. Mas, que é aquilo, Francolim?

Quando Badú chegou, com muito atraso, das montadas só restava o poldro pampa. Já arreado, livre das tamancas nos ramilhos, mantém-se quieto, a grosso ver, mas lançando de si estremeções e sobressaltos, como um grande corpo elétrico.

— Há-há...

— Silvino está com ódio do Badú...

E Badú está acabando de saber que tem de montar o poldro. Não reclama. Fica ressabiado, observando.

— ...por causa que Silvino também gosta da moça, mas a moça não gostou dele mais...

— Esquece os casos, Francolim!... Ver se o Badú entende de doma: lá vai montar...

Badú vem ao animal. Verifica se a cilha está bem apertada. Ajeita, por um são caminho de ideias, o seu próprio correão da cintura. Pula de-escancha no arreio, e o poldro — *hop' plá!* — esconde o rabo e funga e desanda, num estardalhaço de peixe fera pêgo no anzol. Se empinou, dá um de-ancas, se empina; saiu de lado, ajuntando as munhecas, sopra e bufa, se abre e fecha, bate crina, parece que vai disparar.

O Major Saulo assiste, impassível. Só no verde dos seus olhos é que pula o menino do riso. Mas Francolim não se contém:

— Silvino assoviou no ouvido do bicho... Eu reparei, seu Major! Se o senhor mandar, eu vou lá, pôr autoridade nessa gente...

— Caiu, que eu vi!

Era um super-salto magistral, com todas as patas no ar e a cabeça se encostando na cauda, por debaixo do resto. Mas Badú não caiu: perdendo os estribos, aperta os joelhos na cabeça da jereba, iça

O burrinho pedrês   21

o poldro nas rédeas e acalcanha nele as rosetas, gritando: — Desce a serra, pedidor!

— Há-há... Grudou as pernas no santantônio, firme! Está aí, Francolim, você ainda acredita no que vê?

— Sim senhor, seu Major... Sou prevenido. Mas, tem outra coisa que eu careço de dar parte ao senhor... Faz um passo para lá, Zé Grande, que eu preciso de um particular urgente aqui com o patrão.

— Que é que é, Francolim Fonseca?

— Francolim Ferreira, seu Major... O que é, é que eu sei, no certo, mas mesmo no certo, que Silvino vai matar o Badú, hoje.

— Na minha Fazenda ninguém mata outro. Dá risada, Francolim!

— Sim senhor, mas o caso não é de brinquedo, seu Major... Silvino quer beber o sangue do Badú... Se o senhor fornece ordem, eu dou logo voz de prisão no Silvino, no arraial, depois do embarque...

— Escuta, Francolim: "não é nas pintas da vaca que se mede o leite e a espuma"!... Vamos embora, de uma vez.

E o Major Saulo desce a escada da varanda, com a corte de Francolim e Zé Grande, e vem devagar, a passos pesados, para o esteio das argolas.

— Puxa o cardão, Francolim. Ó João Manico, Manicão meu compadre, que é que você está esperando, para enjambrar essa outra azêmola! — e o Major sobe no cardão, que, mesmo tão grande, quase se abate e encosta a barriga no chão.

Já encabrestado, Sete-de-Ouros não está disposto a entregar-se: *"Vai, mas custa"!*, quando outros o irritam, é a divisa de um burricoque ancião. Com rapidez, suas orelhas passam à postura vertical, enquanto acompanha o homem, com um olho de esguelha, a fito de não errar o coice.

João Manico anda-lhe à roda, aos resmungos. Põe-lhe o baixeiro. Depois, pelo certo, antes de arrear, bate na cabeça do burrinho, como Deus manda. Sete-de-Ouros se esquiva à clássica: estira o queixo e se acaçapa, derreando o traseiro e fazendo o arreio cair no chão. Então o vaqueiro se convence de que precisa de mostrar melhores modos:

— Eh, burrinho, acerta comigo, meu negro.

Assim, Sete-de-Ouros concorda. João Manico passa-lhe a mão espalmada no pescoço, e ele gosta e recebe bem a manta de pita. Já não reage, conformado. Dá apenas o repuxão habitual da barriga, contraindo bruscamente a pele, do cilhadouro às ilhargas e das ilhargas ao cilhadouro. Encrespa e desencrespa também o couro do pescoço. E acelera as pancadas da cauda, no vai-e-vem bulhento de um espanador. Ao aceitar o freio, arreganha demais os beiços num tremendo sorriso de dentes amarelos. Mas logo regressa ao eterno cochilo, até que João Manico tenta montar.

— Ara viva! Está na hora, João Manico meu compadre. Você e o burrinho vão bem, porque são os dois mais velhos e mais valentes daqui... Convém mais você ir indo atrás, à-tôa. Deixa para ajudar na hora do embarque... E o Sete-de-Ouros é velho, mas é um burro bom, de gênio... Você não sabe que um burro vale mais do que um cavalo, Manico?...

— Compadre seô Major, para se viajar o dia inteiro, em marcha de estrada, estou mesmo com o senhor. Mas, para tocar boiada, eh, Deus me livre que eu quero um burrinho assim!...

— Mais coragem, Manico, sem gemer... "Suspiro de vaca não arranca estaca!"... Mas, que é que você está olhando tanto, Francolim?

É, acolá, no outro extremo do eirado, Juca Bananeira, que brinca de mexer tranças na crineira de Belmonte, e conversa com Badú. — "Você faz mal, de andar assim desarmado de arma! Silvino é onça-tigre. Todo-o-mundo sabe que ele está esperando hora..." Aí Badú, atravessando na frente do arreio a longa vara de ferrão, e mostrando o poldro, agora quietado, exausto de pular, só diz: — "Comigo não tem quem tem! Eu também, quando vejo aquele, fico logo amigo da minha faca. Mas Silvino é medroso, mole, está sempre em véspera de coisa nenhuma!" — "Aí fiando! Quem tem inimigo não dorme!..." E Juca Bananeira vai para a eloquência, porque confia tanto na moleza de Silvino quanto um tem-farinha-aí acredita na imobilidade de uma cobra-cipó, ou uma cobra--cipó crê na lonjura alta de uma acauã. Mas Badú guina o poldro, vindo cá para perto do canto onde João Manico conversa ainda com o Major.

Sete-de-Ouros espetou as orelhas para a frente. É calmo e comodista, mas de maneira alguma honesto. Quando João Manico monta, ele não pula, por preguiça. Mas tem o requinte de escoucear o estribo direito, primeiro com a pata de diante, depois com a de trás, cruzando fogos.

— Não falei, compadre seô Major?!... Bicho medonho! Burro não amansa nunca de-todo, só se acostuma!...

Mas o Major Saulo largava, sem responder, rindo já longe, rumo aos vaqueiros: lá junto à cerca, com os cavalos formados em fileira, como um esquadrão de lanceiros.

— "Olha só, vai trovejar..." E Leofredo mostrava o gado: todos inquietos, olhos ansiosos, orelhas erectas, batendo os parênteses das galhas altas. — "Não é trovoada não. São eles que estão adivinhando que a gente está na horinha de sair..." Mas, nem bem Sinoca termi-nava, e já, morro abaixo, chão a dentro, trambulhavam, emendados, três trons de trovões. Aí, a multidão se revolveu, instantânea, e uma onda de corpos cresceu, pesada, quebrou-se num dos lados do curral e refluiu para a banda oposta. Em pânico, procuravam a saída.

— Vi-i! Vão dar o que fazer! Vigia ali: tem muito crioulo caraço, caçando gente para arremeter... Ei, Zé Grande?...

Zé Grande passa a correia do *berrante* a tiracolo, e continua calado, observando. Para a sabença do gado, ele é o melhor vaqueiro da Tampa, homem ledor de todos os sestros e nequícias do bicho boi. Só pelo assim do marruaz bulir ou estacionar, mede ele o seu grau de má fúria, calcula a potência de arremesso, e adivinha para que lado será o mais dos ataques, e qual a pata de apoio, o giro dos grampos, e o tempo de volta para a segunda ofensiva.

— Ixe, ixe! Muito boi pesado. São os de Fortaleza. Só curraleiro alevantado, nação de boi arisco...

— Olha aquela aratanha araçá, que às há-de-as! Está empurrando os outros, para poder ficar no largo sozinha; não deixa nenhum se encostar. É para curro, vaca roda-saia...

— Parece com a que pegou você mais o Josias, Tote?

— Mas eu já disse... Já jurei que não foi culpa minha, e não foi mesmo. A vaca fumaça estava com a cria no meio do curral, fungando forte e investindo até no vento... Josias falou comigo: "Vamos dar uma topada, para ver se ela tem mesmo coragem conversada." Eu disse: "Vamos, mas com sossego." Só aí é que aconteceu que nós esquecemos de combinar, em antes, quem era que *esperava* e quem era que *tirava*... Ficamos: eu da banda de cá, ele ali. À pois, primeiro que a gente pulasse a cerca para dentro, já a diaba da vaquinha estava de lá, herege, tomando conta do que a gente queria querer fazer!...

— Não era hora de facilitar...

— Mas foi. Mal a gente tinha botado os pés no chão, e ela riscou de ar, sem negaça, frechada, desmanchando o poder da gente espiar... Nós todos dois entesamos de lado, para *tirar*, e ninguém não escorou. Foi a conta. Ela deu o *tapa*, não achou firmeza, e *remou* as varas para fora... Escolheu quem, e guampou o Josias na barriga... Mas virou logo para a minha banda, e veio me visitar, me catando

O burrinho pedrês   25

com os chifres e me jogando baba na cara. Eu corri. Não tinha mesmo de correr?!...

— Com vara boa, de pau-d'arco, na mão de bom vaqueiro?

— Mas, minha vara, ela tinha mandado longe. Não falei?... Josias foi o mais desfeliz, porque foi jogado para tudo quanto era lado, com a monstra sapateando em cima dele e chifrando... Mas ela só não me pegou também, porque, com o fezuê, até o bezerrinho levou susto e atravessou na frente, entre nós dois, espinoteando, com a caudinha na cacunda. Quando eu ia pular a cerca, ela ainda me alcançou, na sola dum pé: juntou com a força do pulo que eu ia dando, e eu caí, por riba do monte de achas de aroeira que estava lá... Culpa eu tive?... Má-sorte do companheiro. Era o dia dele, o meu não era!...

— Ei, vamos mudar de contar coisas tristes, que seu Major não gosta...

Major Saulo cavalga para cá, acabando de fazer a volta completa dos currais, com Zé Grande e Sebastião dos lados, e Francolim.

— Agora, que é que há e que é que não há, Zé Grande?

— Eu acho que a boiada vai bem, seô Major. Não vão dar muito trabalho, porque estão bem gordos, e com preguiça de fazer desordem. Boi bravo, tem muitos, mas isso o senhor pode deixar por conta da gente... Pé-duro, tem poucos... Agora, eu acho que tem alguns que a gente devia de apartar. Olha, seô Major: aquele laranjo agarrotado está só procurando beira de cerca. E o marruaz crioulo, esse ali cor de canela, do pelo arrepiado, que assusta até com o batido de rabo dos outros... Pois eles dois hão de querer escapulir, e é um perigo os outros estourarem atrás. Aquele camurça, de focinho preto até por dentro das ventas, está cego de um olho...

— Estará mesmo?

— Agaranto. Olha agora: todos estão gostando de bater nele, da banda cega. Não chega no arraial sem estar muito machucado... E, se a gente descuidar, ele, atôinha, atôinha, pega a querer pinchar para fora da estrada, do lado do olho são... Aquela vaca moura, também... É maligna, está judiando com os outros, à traição. O resto está em ordem.

— Caso com tua fala, Zé Grande. Sinoca, mais Tote: vão separar aqueles quatro, e trazer outros, do curral pequeno, para repor no lugar. Mas, Virgem! Não viram aquela prenda? E ia como boi de corte? Vigia se é capão ou não...

E o Major Saulo indicava, mesmo na beira do estacado, um boi esguio, preto-azulado, azulego; não: azul asa-de-gralha, água longe, lagoa funda, céu destapado — uma tinta compacta, despejada do chanfro às sobre-unhas e escorrendo, de volta, dos garrões ao topete — concolor, azulíssimo.

— É inteiro... Não, é roncolho. Mas bonito como um bicho de Deus!...

— É só de longe, seu Major. De perto, ele é de cor mais trivial...

— E que me importa? Não quero esse boi para ser Francolim, que não sai de perto de mim... Há-há... Aparta, já, também. E vamos, vamos com Deus, minha gente. Dá a saída, Bastião. Ver com isso, compadre Manico!

Pobre burrico Sete-de-Ouros, que não tem culpa de ser duro de boca, nem de ter o centro-de-gravidade avançado para o trem anterior do corpo...

— Toca, gente! Ligeiro! *Faz parede!*

Sebastião entrou no curral. Zé Grande, o *guieiro*, sopra no *berrante*. Os outros se põem em duas alas divergentes — *fazem paredes*, formando a *xiringa*. Sinoca escancara a porteira, que fica segurando. Leofredo, o *contador*, reclama:

— Apertem mais, p'ra o gado sair fino, gente! Ajusta, Juca, tu não sabe *fazer o gado*? Ei, um!...

O burrinho pedrês   27

É o primeiro jacto de uma represa. Saltou uma vaca china, estabanada, olhando para os lados ainda indecisa. — Dois! — Pula um pé-duro mofino, como veado perseguido. Passam todos. Três, quatro, cinco. Dez. Quinze. Vinte. Trinta.

— Hê boi! Hê boi! Hê boi-hê boi-hê boi!...

— Cinquenta! Sessenta!

— Rebate esse bicho bezerro. P'ra um lado! Não presta, não pesa nada.

— Oitenta! Cem!

— Cerca o mestiço da Uberaba. Topa, Tote!... Eh bicho bronco... Chifre torto, orelhudo, desinquieto e de tundá!... — exclamam os vaqueiros, aplaudindo um auroque de anatomia e macicez esplêndidas, que avançou querendo agredir.

— Estampa de boi brioso. Quando corre, bate caixa, quando anda, amassa o chão!

Agora é o jorro, unido, de bois enlameados, com as ancas emplastadas de sujeira verde, comprimidos, empinados, propelindo-se, levando-se de cambulhada, num atropelo estrugente. Os flanqueadores recuam, alargando o beco.

— Eh, boi!... Eh, boi!...

— Quatrocentos e cinquenta... e sessenta. Pronto, seu Major.

Corta de lado o Major Saulo, envolto na capa larga, comandando:

— Dianta, Leofredo! Da banda de lá, Badú!

Vão, à frente, Zé Grande, tocando o *berrante*, e Sebastião, que solta a toda a garganta o primeiro aboio, como um bárbaro refrão:

— Eêêê, bô-ôi!...

Escalonados, do flanco direito, Leofredo, Tote, Sinoca e Benevides. Da banda esquerda, Badú, Juca Bananeira, Silvino e Raymundão.

— Boiada boa!... — proclama o Major, zarpando.

— Burrico miserável!... — desabafa João Manico, cravando as esporas nos vazios de Sete-de-Ouros, que abana a cabeça, amolece as orelhas, e arranca, nada macio, no seu viageiro assendeirado, de ângulo escasso, pouca bulha e queda pronta.

Caniço de magro, com um boné de jóquei no crânio, lá vai Francolim, logo atrás do Major.

— Eh, boi!... Eh, boi...

E, ao trompear intercadente do berrante, já ecoam as canções:

"O Curvelo vale um conto,
Cordisburgo um conto e cem.
Mas as Lages não têm preço,
Porque lá mora o meu bem..."

Nenhum perigo, por ora, com os dois lados da estrada tapados pelas cercas. Mas o gado gordo, na marcha contraída, se desordena em turbulências. Ainda não abaixaram as cabeças, e o trote é duro, sob vez de aguilhoadas e gritos.

— Mais depressa, é para esmoer?! — ralha o Major. — Boiada boa!...

Galhudos, gaiolos, estrelos, espácios, combucos, cubetos, lobunos, lompardos, caldeiros, cambraias, chamurros, churriados, corombos, cornetos, bocalvos, borralhos, chumbados, chitados, vareiros, silveiros... E os tocos da testa do mocho macheado, e as armas antigas do boi cornalão...

— P'ra trás, boi-vaca!

— Repele Juca... Viu a brabeza dos olhos? Vai com sangue no cangote...

— Só ruindade e mais ruindade, de em-desde o *redemunho* da testa até na volta da pá! Este eu não vou perder de olho, que ele é boi espirrador...

O burrinho pedrês   29

Apuram o passo, por entre campinas ricas, onde pastam ou ruminam outros mil e mais bois. Mas os vaqueiros não esmorecem nos eias e cantigas, porque a boiada ainda tem passagens inquietantes: alarga-se e recomprime-se, sem motivo, e mesmo dentro da multidão movediça há giros estranhos, que não os deslocamentos normais do gado em marcha — quando sempre alguns disputam a colocação na vanguarda, outros procuram o centro, e muitos se deixam levar, empurrados, sobrenadando quase, com os mais fracos rolando para os lados e os mais pesados tardando para trás, no coice da procissão.

— Eh, boi lá!... Eh-ê-ê-eh, boi!... Tou! Tou! Tou...

As ancas balançam, e as vagas de dorsos, das vacas e touros, batendo com as caudas, mugindo no meio, na massa embolada, com atritos de couros, estralos de guampas, estrondos e baques, e o berro queixoso do gado junqueira, de chifres imensos, com muita tristeza, saudade dos campos, querência dos pastos de lá do sertão...

"Um boi preto, um boi pintado,
cada um tem sua cor.
Cada coração um jeito
de mostrar o seu amor."

Boi bem bravo, bate baixo, bota baba, boi berrando... Dansa doido, dá de duro, dá de dentro, dá direito... Vai, vem, volta, vem na vara, vai não volta, vai varando...

"Todo passarinh' do mato
tem seu pio diferente.
Cantiga de amor doído
não carece ter rompante..."

Pouco a pouco, porém, os rostos se desempanam e os homens tomam gesto de repouso nas selas, satisfeitos. Que de trinta, trezentos ou três mil, só está quase pronta a boiada quando as alimárias se aglutinam em bicho inteiro — centopeia —, mesmo prestes assim para surpresas más.

— Tchou!... Tchou!... Eh, booôi!...

E, agora, pronta de todo está ela ficando, cá que cada vaqueiro pega o balanço de busto, sem-querer e imitativo, e que os cavalos gingam bovinamente. Devagar, mal percebido, vão sugados todos pelo rebanho trovejante — pata a pata, casco a casco, soca soca, fasta vento, rola e trota, cabisbaixos, mexe lama, pela estrada, chifres no ar...

A boiada vai, como um navio.

— Põe p'ra lá, marroeiro!

— Investiu?

— Quase...

— Coisa que ele é acabanado e de cupim, que nem zebú...

— Fosse meu, não ia para o corte. Bonito mesmo, desempenado. Até me lembro do Calundú...

— Qual esse, Raymundão?

— O Calundú? Pois era um zebú daquela idade. O maior que eu já vi.

— Guzerá?

— Ach'que.

— Baio, como o Paulatão?

— Cor de céu que vem chuva. Berrava rouco, de fazer respeito...

— Todo zebú se impõe.

— Aquele mais. Que marruaz!

— Por quê?

O burrinho pedrês

— Parecia manso e custava para se enchouriçar. Mas, um dia, brigou com o reprodutor dos Oliveiras, zebú também, dos pintados. Ferraram luta sem parar, por bem duas horas, e o Calundú derrubou o outro, quase morto, no desbarrancado.

— E para se lidar?

— Não era qualquer vaqueiro chegado de fora, não. Tinha mania: não batia em gente a-pé, mas gostava de correr atrás de cavaleiro. De longe, ele já sabia que vinha algum, porque encostava um ouvido no chão, para escutar. Olha, que vamos entrar no cerradão. Tento aí, p'ra eles não se espalharem para os lados!

— Abre a guia! Afrouxa o coice! — grita Juca Bananeira, transmitindo o comando de Sebastião.

Os costaneiros se afastam, e aboiam prolongado:

— E-ê-ê-ê-ê, boi...

Enquanto os da frente incitam o marche-marche dos quadrúpedes:

— Eh, boi-vaca! Tchou! Tchou! Tchou!... Ei! Ei!...

E o rebanho se estira e alonga, reduzindo as fileiras, como soldados a passarem, em movimento, de uma formação de grande fundo para coluna de pelotão.

— Mundo velho, ventania! — brada Juca Bananeira, sustando o cavalo para apreciar a desfilada dos bois taroleiros, correndo de aspas altas: o débito fluido das patas, o turbilhão de ângulos, o balouço dos perfis em quina, e o jogo veloz dos omoplatas oblíquos.

— Arreda, bruto, mamolengo!

Um veio de lá, jogado de empuxe, e baqueou meio ajoelhado, justo-justo esbarrando no cavalo de Raymundão.

Tropeiam, agora, socornando e arfando, mas os alcantis encapelados, eriçados de pontas, guardam uma fidelidade de ritmos, escorrendo estrada avante. E o chapadão atroa, à percussão debulhada dos mil oitocentos e quarenta cascos de unha dupla.

Sopra sempre o guia no seu corno, porém, e os outros insistem no canto arrastado, tão plangente, que os bois vão cadenciando por ele o tropel.

— A chuva está aí está caindo, Raymundão. Mas, vigia aquele garrotão preto, que vai ali, babando em cima da casa dos outros. O Calundú era importante assim?

— Vou contar. Espera, vamos fazer uma mamparra: vamos encostar os cavalos, e trancar o gado, para ele só dar trabalho da banda do povo de lá e a gente poder conversar com sossego... Assim. Oh, diabo, você é mestre, e eu querendo ensinar você a *fazer trecho*...

— Que história foi? O Calundú matou alguém?

— Depois. O que eu vou contar foi no Retiro... Eu tinha ido lá, buscar uma vaca fronteira, da filha de seu Major. A vaquinha tinha parido na beirada da lagoa, e jacaré comeu a cria. Por isso ela estava emperreada, tinha virado bicho-do-mato, correndo atrás de qualquer barulhinho, arremetendo atôa. Me deu tanto trabalho, que eu tive de dormir lá, no rancho de perto dos coqueiros... De noite, saiu uma lua rodoleira, que alumiava até passeio de pulga no chão. Minha cachorra paqueira, que não gostava de parar sem o que fazer, ficou vagabundeando por si, e pegou a acuar. Algum tatú rabo-mole, por aí... — eu pensei. Fui ver... Ôi, segura, siô!

Um boizão fumaça bufou na orelha do poldro de Badú, que refugou — arranco para trás, para a esquerda e para baixo, entortando o pescoço, rapidíssimo. Badú balanceou, bateu mão na giba da jereba, e esteve pendente meio segundo, fazendo força para não ir sela abaixo, sob os cascos em disparada dos bois. Mas foi ao outro lado, em pulo seguro, e voltou ao assento, volteando com a ligeireza de um atamã do Ural.

O burrinho pedrês

— Foi nada. Conta a história, Raymundão.

— Pois então, quando fui espiar o que a minha cachorra Zeferina estava estranhando...

— Oh *guês*! Isso é nome de cachorro?

— Foi por vingança que eu pus, quando minha mulher Zeferina me largou... Mas, a' pois, não imagina o que eu vi! Dei mesmo numa baixada de pasto, e afundei quase no meio das vacas. Já disse que estava lindeza de claridade de noite... E de repente eu vi que o gado estava cheio de ideia, começando um manejo esquisito. Mandei a cachorrinha calar a boca, e então pude apreciar direito: as vacas, desinquietas, estavam se ajuntando, se amontoando num bolo, empurrando os bezerros para o meio, apertando, todas encalcando, de modo que aquilo tudo, espremido, parecia uma rodeira grande, rodando e ficando cada vez mais pequena, sem parar de rodar...

— E daí?

— Espera, olha a chuva descendo o morro. Eh, água do céu para cheirar gostoso, cheiro de novidade!... É da fina... Mas, então, o Calundú, que era o garrote delas, ainda parecia ser mais graúdo do que era mesmo, rodeando as vacas, meio dando as costas para a manada, assim de cabeça em pé! E aí eu ouvi um miado longe, e me alembrei daquela onça preta que estava salteando estrago no gado de seu Quilitano, nas Lages, e no Saco-da-Grota. Onção de todo o tamanho...

— Ei, gente, olha o pé-d'água!

Chegava a chuva, branquejante, farfalhando rumorosa, vinda de trás e não de cima, de carreira. Alcançou a boiada, enrolando-a toda em bruma e continuando corrida além. Os vultos dos bois pareciam crescer no nevoeiro, virando sombras esguias, de reptis desdebuxados, informes, com o esguicho das bátegas espirrando dos costados. O pisoteio teve um tom mole, de corrida no bagaço. E houve mugidos. Mas, roufenho, o berrante trombeteou de novo, mais forte, na frente.

— Canta, gente!

E, aí, soltaram a chuva de verdade: chuva pesada, despejada, um vasto vapor opaco. Era como se a gente passasse por debaixo de cachoeira. E desenxergaram-se, de todo, os bois. Mas os vaqueiros cantavam juntos:

> *"Chove, chuva, choverá,*
> *Santa Clara a clarear*
> *Santa Justa há-de justar*
> *Santo Antônio manda o sol*
> *P'ra enxugar o meu lençol..."*

— Oh, diabo, custou que melhorou. A gente nem estava podendo tomar fôlego, embaixo desse dilúvio...

— Mas, e depois, a onça, Raymundão?

— A onça, o povo dizia que ela tinha vindo de longe. Onça-tigre macha, das do mato-grosso... Onça é bicho doido para caminhar, e que anda só de noite, campeando o que sangrar... Pois, naquela ocasião, eu estava crente que ela estava a muitas léguas de lá onde é que eu estava... Pensei que andasse pelo Maquiné...

— Mas, e o zebú?

— Bom, quando eu ouvi o miado, fui para perto de um angico novo, por causa que eu estava sem arma de fogo, e onça não trepa em pau fino — se diz — que ela não tem poder de abarcar com as munhecas... Aquilo, eu pedia a Deus para mandar ela não vir do meu lado... Fiquei alegre, quando escutei melhor o miado da bicha-fera, lá por trás do tabocal... E o Calundú cavacava o chão e bufava, com

O burrinho pedrês

uma raiva tão medonha, que aí fiquei mais animado, por ele estar me protegendo, e até tive pena da pobre da oncinha!...

— E depois? A tigre chegou no marruaz?

— Perde essa moda. Zebú é zebú mesmo, e marruaz é garrote, dos outros... Mas, aí, eu vi a cangussú, vi o vulto dela, porque era lua cheia, noite clara, já falei.

— Urrando, assanhada, Raymundão? Eu já vi uma suçuarana rompente, uma vez...

— Não é capaz. Onde foi que já se viu onça tocaiar criação desse jeito? Aquilo ela vem é feito gato quando quer pegar passarinho: deitada, escorregando devagarinho, com a barriga no chão, numa maciota, só com o rabo bulindo... Os olhos é que alumiam verde, que nem vagalume bagudo...

— Mas, pulou no cangote do zebú?

— Que óte! Que ú!... Você acredita que ela não teve coragem?! Naquela hora, nem o capeta não era gente de chegar no guzerá velho--de-guerra. Nem toureiro afamado, nem vaqueiro bom, Mulatinho Campista, Viriato mais Salāthiel, coisa nenhuma... E, quem chegasse, era só mesmo por ter vontade de morrer suicidado sem querer...

— Ixe!

Mas o Calundú cada vez ia ficando mais enjerizado e mais maludo, ensaiando para ficar doido, chamando a onça para o largo e xingando todo nome feio que tem. Aquilo, eu fui bobeando de espiar tanto para ele, como que nunca eu não tinha visto o zebú tão gran-dalhão assim! A corcunda ia até lá embaixo, no lombo, e, na volta, passava do lugar seu dela e vinha pôr chapéu na testa do bichão. Cruz! E até a lua começou a alumiar o Calundú mais do que as outras coisas, por respeito...

— Eu estou quase não acreditando mais, Raymundão...

— Bom, pode ter sido também uma visão minha, não duvido nada... Mas, então foi que eu fiquei sabendo que tem também anjo-da--guarda de onça!... Você sabe que, quando a tigre arma o bote, é porque ela já olhou tudo o que tinha de olhar, e já pensou tudo o que tinha de pensar, e aí nunca que ela deixa de dar o pulo, não é? Pois, nesse dia, a cangussú de certo que imaginou mais um tiquinho, porque ela desmanchou o dela, andando de rastro para trás um pedaço bom. Depois, correu para longe, sem um miado, e foi-s'embora. Onça esperta!...

— Ôi, que é?

— Estamos chegando no córrego. Vamos lá...

— Vigia só como a cheia está alta. A água quando dando na metade do ingazeiro!... Qu'é do barranco? Sumiu, está vendo?

— Virgem! E agaranto que em até de noite ainda sobe mais... A lua não é boa... Ano acabando em seis...

— A enchente está vindo de desde as cabeceiras: senão não descia tanta folha de burití...

— Pois diz-se que tem quatro dias que lá nas nascentes não para de chover.

Chega Francolim, de galope, com um recado do Major para Sebastião: — É para esperar um pouco, e não apertarem o gado na travessia...

— Está feio. Mas isto aqui não se compara com a passagem das boiadas no Jequitinhonha...

— Conheço. Atravessei aquele, com seiscentas cabeças de gado da Bahia... O mais difícil não é pela largura, mas porque é rio bravo, de correnteza... A gente tinha de tocar adiante um lote de bois mansos, mais acostumados, que não tivessem medo. Alguns até alugavam uns, ensinados, de um sitiante da beira do rio... E a gente cruzava no batelão, vigiando a boiada nadar...

O burrinho pedrês

Chega o Major, chamando por Sebastião...

— Estou vendo que o vau agora está pior do que o resto. Melhor era destorcer mais para baixo, onde deve de estar dando mais pé...

— Pé já não dá mesmo, em lugar nenhum, seô Major. E está desbarrancado, lá na outra beirada, e não tem saidor... Melhor por aqui mesmo, patrão.

— Bem, mas vamos com paciência! Aqui já tem morrido muita gente...

Estacionados na rampa, esperavam que o gado tomasse coragem. A chuvinha agora era um chuvisco rarefeito; mas três regos de enxurrada desciam também, borbotando e roncando, com brutalidades fluviais. E a enchente crescia. O caudal, barrento, oscilava aos golpes, como uma coisa viva, parecendo às vezes que baixava, para subir mais. Um pau do mato — ramada, tronco e raízes — derivava tal e qual uma piroga embandeirada em amarelo; esbarrou na copa do tingui, que se submergia fixa e hemisférica; depois, virou de bordo, retomou rumo, e foi águas abaixo.

Tremendo, este córrego da Fome! Em tempo de paz, não passa de um chuí chocho — um fio. Mas, dezembro vindo, com o dar das longas chuvas, torna-se mais perigoso que um rio grande, que sempre guarda seus remansos, praias rasas e segmentos de retardada correnteza.

Entupindo o declive do morro, a boiada permanecia parada. Muitos mugiam.

— Cou! Cou! Tou! Tou!...

Os primeiros se chegam para a beirada. Zé Grande entra n'água, no Cata-Brasa, que pega a nadar. E, já no meio da torrente, o guieiro ainda se volta, tocando o *berrante*. Um junqueira longicórnio estica o pescoço fino, arrebita o focinho, e pula, de rabo desfraldado. Então, há que os cocorutos estremecem, para a frente e depois para trás. Despencou-se mais um cacho de reses. Chapinham com estrupido, os mocotós golpeando como puxavantes. Perderam pé: os corpos desaparecem, ficam de fora somente as beiçamas, as ventas polposas, palpando ar, e os pares de chifres, como tentáculos de caramujos aquáticos. E aí toda a manada se precipita, com muita pressa, transpondo a enchente brava do riacho da Fome.

O Major Saulo, que foi o derradeiro — depois de Sete-de-Ouros com João Manico, e mesmo atrás de Francolim —, logo os alcança, contudo, pouco para lá da passagem.

— Viva, meu povo, não se perdeu nenhum!... Francolim, vai dizer a Sebastião que toquem pelo caminho de baixo, no fim da vargem... E você, compadre Manico, que tal com o meu burrinho sem velhice? Escuta, Manico, nesse passo, nesta marcha, escrevo que ele aguenta viagem de mais de um dia.

— É mesmo, seô Major meu compadre. Esperto ele é, pois faz que aguenta, só para poder contrariar a gente.

E certo: Sete-de-Ouros dava para trás, incomovível, desaceitando argumentos e lambadas de piraí. Que, também, burro que se preza não corre desembestado, como um qualquer cavalo, a não ser na vez de justa pressa, a serviço do rei ou em caso de sete razões. E já bastante era a firmeza com que se escorava nas munhecas, sem bambeio nem falseio — ploque-plofe, desferrado — ganhando sempre a melhor trilha.

— Mas, meu compadre, vocês vão indo tão bem, tão sem confusão...

— Sim senhor, seô Major. Eu sei que o senhor está se rindo é por saúde sua, não é por debochar de mim... Mas, assim, para não ajudar em nada desta vida, eu não carecia de ter vindo. Estou como

O burrinho pedrês 39

ovo depois de dúzia... E o burrinho, também, se ele tivesse morrido transanteontem, não estava fazendo falta a ninguém!

Mudo e mouco vai Sete-de-Ouros, no seu passo curto de introvertido, pondo, com precisão milimétrica, no rasto das patas da frente as mimosas patas de trás.

— Escuta uma pergunta séria, meu compadre João Manico: você acha que burro é burro?

— Seô Major meu compadre, isso até é que eu não acho, não. Sei que eles são ladinos demais...

Bem que Sete-de-Ouros se inventa, sempre no seu. Não a praça larga do claro, nem o cavouco do sono: só um remanso, pouso de pausa, com as pestanas meando os olhos, o mundo de fora feito um sossego, coado na quase-sombra, e, de dentro, funda certeza viva, subida de raiz; com as orelhas — espelhos da alma — tremulando, tais ponteiros de quadrante, aos episódios para a estrada, pela ponte nebulosa por onde os burrinhos sabem ir, qual a qual, sem conversa, sem perguntas, cada um no seu lugar, devagar, por todos os séculos e seculórios, mansamente amém.

— Não podemos tocar tão ligeiro como a coragem, Manico, o burrinho não pode com isto.

O rebanho se espraiou, lento, na várzea sobreaguada, só uma ou outra rês correndo, por entre as moitas de sarãs, no galope bovino desconjuntado e ondulado, arrancando avante com as patas muito abertas, jogando os quartos para cima.

— Oô-ah!... Beleza de gado!... Quase...

— Formosura, seô Major!

— ...quase que cada com o cabelo fino e os meneios todos — cimeiros, alcatra coberta e cordão. Mas, desencosta essa tristeza, João Manico meu compadre, que eu acho que estou guardando, ao daqui a pouco, um espanto bom para você. Só que esse Francolim deu para ir e não voltar... Sei porquê, que senão nem tinha mandado aquele recado. Ele foi por uma banda e vai voltar pela outra, e vem me contar paçoca de novidades, tudo o que os vaqueiros estão conversando e fazendo, ou deixando de fazer.

— Olho e ouvido, andando por longe, é bom para dono e patrão...

— Mas nem sempre traz sossego, e muita vez é pior. Beleza nos bois ele não vê, mas já estou ouvindo o que o Francolim vem falar: que os meus homens estão mamparreando, indo de prosa... Há-há há... Sei disso, Manico, mas é coisa que mal não dá, porque, se eles têm seu divertimento, ficam mais marinheiros, na hora de fazer força... Mas o rapaz só serve para isso: para vigiar o pessoal. É gosto...

— Seu Francolim é de culatra, seô Major. Então, hoje, com aquele barrete doido na cabeça, feito fantasma...

— Há-há, Manico velho! Escuta: "para bezerro mal desmamado, cauda de vaca é maminha"... Esta vida é engraçada... Galinha, tem de muita cor, mas todo ovo é branco. Você sabe escrever e ler, meu compadre João Manico?

— Assim mais assim, com os erros todos e muita demora, até há uns dois anos atrás eu ainda era homem para pôr algum bilhete no papel...

— Pois eu não. Nunca estive em escola, sentado não aprendi nada desta vida. Você sabe que eu não sei. Mas, cada ano que passa, eu vou ganhando mais dinheiro, comprando mais terras, pondo mais bois nas invernadas. Não sei fazer conta de tabuada, tenho até enjoo disso... Nunca assentei o que eu ganho ou o que eu gasto. O dinheiro passa como água no córrego, mas deixa poços cheios, nas beiras. Gosto de caminhar no escuro, João Manico, meu irmão!

— Em Deus estando ajudando, é bom, meu compadre seô Major.

O burrinho pedrês

— Também não tomo a reza dos outros, não desfaço na valia deles...

— De nenhum jeito, e eu posso ir junto!... Todo o mundo, aqui, trabalha sem arrocho... Só no falar de obedecer é que todos têm medo do senhor...

— Capaz que seja, Manicão? Será?

— Isso. Uns acham que é porque o seô Major espera boi bravo, a-pé, sem ter vara, só de chicote na mão e soprando no focinho do que vem...

— Mas eu gosto dos bois, Manico, ponho amor neles...

— Á pois. Eu sei, de mim que será por causa de nunca se ter certeza do que é que o meu compadre está pensando ou vai falar, que sai sempre o diverso do que a gente esperou... Só vejo que esse povo vaqueiro todo tem mais medo de um pito do senhor do que da chifrada de um garrote, comparando sem quebrar seu respeito, meu compadre seô Major.

— Escuta, Manico: é bom a gente ver tudo de longe. Assim como nós dois aqui vamos indo... Pelo rastro, no chão, a gente sabe de muita coisa que com a boiada vai acontecendo. Você também é bom rastreador, eu sei. Olha, o que eu entendo das pessoas, foi com o traquejo dos bois que eu aprendi...

— Estou pensando, seô Major.

— Mas, nem sempre, Manico, não vá o meu compadre imaginar... Hôhô... Aqui, por falar na hora, chegou o prazo de se espiar, tirando a tampa da panela. Estamos mas estamos para sair da vargem, no dar entrada no caminho estreito, que foi onde a vaquinha apatacada no ano passado deu para ruim... Atrasou tudo, por bem meia hora, não deixando nenhum avançar e jogando três bois no barranco, chifrados à traição...

— Lugar zangado, esse um.

— Galopa comigo, Manico, vamos lá, que eu quero ver!... Mais ligeiro compadre, mais no mais!... Promete uma coisa pra esse burrinho, p'ra ele correr!... Assim!...

— Afrouxou.

— Ara! ora, uê, que é aquilo? Vaqueiro a cavalo e correndo com medo de boi?! ... Hó-hó... Anda, Manico... Espera. O resto da boiada vai em passo cheio... Ei, o Badú vai topar!

E — o que ia sendo e ia-se vendo — era que: quando Badú ouviu algazarra e voltou o rosto, foi para ver Silvino vir, galope afoito, e se desviar só a poucos passos, deixando-o com o boi, que vinha atrás. O poldro pampa se espavoriu para fora da cena. Badú apanhou a vara.

O touro estacou. Era zebuno e enorme. O vaqueiro, a pé, não lhe inspirava o menor respeito.

Cresceu, sacudindo cabeça, cocuruto e cachaço, como um sistema de torres superpostas. Encurtou-se, encolhendo os quartos dianteiros e inclinando a testa. E veio.

E nem tempo de mudar dois passos, obrigando-o a alterar, em pleno avanço, a mira do arremesso: Badú mal pôde quadrar-se, em guarda — a vara sustida como uma enxada, mão esquerda a dois palmos da aguilhada, a direita bem lá atrás.

— Põe p'ra lá, vaca velha!

Agora! O ferrão toca o chanfro e resvala para a bochecha. Por centímetros! Badú nega o corpo, descaindo de banda. Evita chifre e choque, mas mesmo o raspão já era um trompaço: mal-governou-se e quase cai, enquanto o touro afunda adiante, sopraz, num rufar de tambor.

— É hora!

E Badú faz vira-cara, que o touro voltava, crú, em ofensiva sagital.

Hora de não olhar o imenso vulto montanhoso, máquina de trem-de-ferro — terra tremendo e ar tremendo — para não ver a

O burrinho pedrês

cabeça, vertiginosa, que aumenta de volume, com um esboço giratório e mil maldades na carranca. Olhar para a ponta da vara, apenas...

— Põe p'ra lá, marroeiro!

Preciso. O aguilhão feriu o focinho, a vara jogou como um braço de biela, e já Badú empurrou o perfil do boi, tirando o corpo para a esquerda, num pulo de pés juntos.

— Passa, corisco! Aratanha!

Passou, com ventania e estrondo.

— Topada certa! Boa vara e bom vaqueiro meu!...

Já o touro, tendo ido a poucos passos, mugiu curto e voltava, com sua fúria no mais, mais. Tomara a dor e entrava em Badú outra vez.

— Rú, boi! — quebrando o ímpeto da acometida, o ferro se espetou abaixo do entre-olhos, na rampa da cara. Arqueado, o marruá cresceu, subiu na vara, patas no ar, no raro e horrendo empinado vacum, rosnando e roncando. O pau vergou, elástico — um segundo — mas Badú recargou, teso, e foi e veio com a vara, em mão de vaqueiro com dez anos de lida nos currais do sertão.

— Assim, cabrito! Não é só com força, é com jeito, que a gente topa boi!

E o zebú-assú, leso o equilíbrio, trambolhou de todo, que nem mancornado, e desmoronou-se, com todas as suas cúpulas.

— Ei, rei! Vai-te ajuntar com os outros!

Some-se a boiada, ao longe.

O Major Saulo e João Manico acendem os cigarros, Sete-de--Ouros ainda arfa cansaço, mais vivo o bater cadenciado das ilhargas.

— Seu Major! Com o que eu vou lhe contar que se deu, o senhor vai precisar de tomar uma autoridade de providência, urgência... — clama, de chegada, Francolim, que ainda foi com o grupo de vaqueiros, meio caminho, e voltou.

— Toma fôlego, Francolim!

— Sério é, seu Major...

— Espera por mim, Francolim. Primeiro eu preciso de você, e desse cavalo seu. Apeia e troca de montada com o João Manico. Isso mesmo, assim. Bobagem, Manico, me agradece amanhã! Vai para lá, pela mão direita, e manda o Raymundão aqui... E você, Francolim, não é para ficar segurando o burrinho pela arreata, com pouco caso. É para montar e me acompanhar. E não espora o meu Sete-de-Ouros, que ele é animal de estimação!

— Só mesmo pelo respeito meu do senhor, seu Major.

— Você é meu camarada de confiança, Francolim. Tem mais responsabilidade de ajudar, também...

— Isto, sim, dou meu pescoço! Em serviço do senhor, carrego pedras, seu Major. Só peço é ordem para o João Manico me dar de novo meu cavalinho, na entrada do arraial, para não ficar feio eu, como ajudante do senhor, o povo me ver amontado neste burro esmoralizado... sem querer com isso ofender, por ser criação de que o senhor gosta...

— Garantido, Francolim. Mas, você perdeu a pressa de contar...

— Sem brincadeira, seu Major... O que houve, eu vi, tudo...

— Todo o mundo viu, Francolim.

— Vi desde o começo, seu Major: o Badú teve de apertar a cilha do animal... saiu para um lado, desapeiou, e estava dando as costas para a boiada...

— Ruim, Francolim. Vaqueiro de verdade não faz isso.

— Mas, primeiro, ele quis ficar de frente, só que o poldro é desinquieto e andou de roda...

— Está certo, Francolim. O poldro ainda não gosta de ver os bois, queria espiar para o lado do campo, achou melhor...

O burrinho pedrês

— Pois foi assim que o Badú aproveitou para ajustar a cilha, e estava só prestando atenção no jeito de se destorcer de algum coice... E então foi que o Silvino atiçou raiva no marruaz... Escolheu o mais graúdo de todos... Sacudiu lenço vermelho... Em tempo de deixar a boiada atrapalhar, que eu vi, só que o Raymundão tomou conta! E aí ele galopou p'r'avante no Badú, trazendo o marruaz bufando no rabo do cavalo, por querer alguém, seu Major... Foi de maldade, foi crime, pela metade ao menos, seu Major. De propósito... Pois Silvino, quando chegou no companheiro, esquinou o galope para uma banda, de repente, e deixou o marruaz investir...

— O resto eu vi, Francolim. Mas os dois não brigaram, e tudo acabou bem, como eu gosto que acabe.

— Desculpe, seu Major, mas ainda não acabou, não... Eu acho que ainda está até começando. O senhor não leve a mal eu dizer, mas a gente devia de determinar alguma energia nesses dois, porque, se não, o Silvino vai matar o Badú, hoje!

— E se o Badú matar Silvino, Francolim?

— Olha o Raymundão aqui... O senhor pergunte.

— Vai ficando aí por trás, devagar, que o burrico já penou muito e precisa de ir só a passo...

— Vamos aqui, Raymundão, emparelha o cavalo com o meu, para me fazer companhia um trecho... Que é que você achou das topadas do Badú?

— O companheiro esteve firme, seô Major.

— O marruaz é mau, aquele... Eu acho que ele é um da derradeira ponta de gado que veio do Pompéu. Boi bruto. Será que ele viu Silvino assoar nariz com lenço vermelho?

— Não é capaz, seô Major. Nenhum de nós não anda com pano dessa cor...

46   *João Guimarães Rosa*

— Regra boa, Raymundão... Vermelho é cor de dor de cabeça... Vamos tocar mais ligeiro, quero ir vendo os bois... Mas o Silvino foi escaramuçado, a cavalo. Como foi?

— Não vi direito, seô Major. Só pude ver o Badú topando. Marruaz desse, que vem riscando o chão com a cara, eu gosto de topar no pescoço... Cada um tem uma maneira...

— E é mesmo. Você ainda se lembra da primeira topada sua, Raymundão?

— Ah, seô Major, foi um boi retaco, que caminhava na gente por gosto e investia de olho aberto e cabeça alteada, feito vaca... O senhor sabe, esse é o pior que tem, para se escorar... Meu pai, que era vaqueiro mestre, achou que era o dia de experimentar minha força... Dei certo, na regra, graças a Deus...

— Você pensou alguma coisa na hora, Raymundão? Que foi que você sentiu?

— Só, na horinha em que o bicho partiu em mim, eu achei que ele era grande demais, e pensei que, de em-antes, eu nunca tinha visto um boi grande assim, no meio dos outros... Mas isso foi assim num átimo, porque depois as mãos e o corpo da gente mexem por si, e eu acho que até a vara se governa... Quando dei fé, a festa tinha acabado, e meu pai estava me dando um cigarro, que ele mesmo tinha enrolado para mim, o primeiro que eu pitei na vista dele... E foi falando: — "Meu filho, tu nasceu para vaqueiro, agora eu sei"...

— Velho inteiro! E a bambeza, depois?

— Não tive, seô Major. Só fome muita, isso sim. O pior foi que eu piscava, e afundei a cabeça n'água fria, mas sem valer, porque fiquei o dia com aquele boi dentro das minhas vistas, que nem um retrato, que doía até... Era um caraúno cara-larga, espácio, com sete anos de idade, com os cinco anéis no pé do chifre...

O burrinho pedrês

— Começo bom, Raymundão. Escuta: eu dou valor aos meus vaqueiros, e o que eles contam de si eu aprecio. Pessoal meu é gente escolhida...

— Bondade sua, seô Major.

— Converso na lei, Raymundão. Nunca me dão trabalho... Só de vez em quando é que um quer me saudar com a mão canhota... Agora, tem essa história de Silvino com o Badú... Você vê algum perigo dessa briga arruinar?

— Eu acho que não, seô Major. A raiva deles tinha de ter, mas tem também de se esfriar... O Badú veio para a Fazenda faz só dois meses, e tomou a namorada do Silvino... Silvino, em vez de fazer cara para o outro lado, e dar ao desprezo, começou a pirraçar... Eu cá não quero dar sentença, porque todos os dois têm razão e nenhum não tem, também.

— E a moça, é bonita?

— Serve. Só que é meio caolha, seô Major. Mas, agora por último, como o casamento já está marcado, o Badú só pensa nisso, e não quer saber de briga nenhuma.

— Mas, e Silvino?

— Também já sossegou, seô Major. A ver, porque ele contou que está pensando em voltar para o Curimataí, terra dele, e se casar também, com outra noiva que tem lá... Ainda ontem, ele vendeu as quatro vacas que tinha...

— Vendeu? Agora que sobrou campo do melhor, e que sei que uma estava para dar cria?

— Essa foi a quatrocentos... As outras, a trezentos e cinquenta e trezentos...

— Do de baixo! Por esse preço, a obrigação dele era de vender para mim, que dou pasto de graça, e só cobro à meia quando passam de doze cabeças... Mesmo que ele levasse aquele gadinho para a terra dele, fazia outro negócio...

— Avoamento, seô Major, sem ser por mal. Ele tinha pressa, decerto, e se acanhou de falar com o senhor a respeito.

— Deve de ter sido isso, Raymundão. Mas, mal-feito é mal-feito!... E o que foi mais que ele disse?

— Só isso, que falou, seô Major. Mesmo ele hoje estava muito quieto, gostando de saber das coisas que eu estive contando ao Badú também...

— É bom a gente dar uma prosa pequena, enquanto se toca boiada. E o que foi que você esteve contando, Raymundão?

— Conversa boba, seô Major... Era a respeito do Calundú...

— Zebú terrível. Matou o filho do Borges.

— Foi, sim, seô Major. O pobre do seu Vadico... Menino bom, aquele!

— Você gostava dele, você trabalhou lá?

— Mas muito, seô Major... Coração de anjo... Gostava de todo o mundo... Não deixava ninguém judiar com criação nenhuma... Ele queria ser boiadeiro, queria, por toda-a-lei. Um dia, em que fizeram ele ficar aborrecido, veio logo me procurar: — "Não vou para o colégio! Antes aqui, Raymundão, nem que seja pisado pelas vacas, mas eu quero é ficar aqui com vocês todos!" — Ah, nunca imaginei que ainda ia ver o menino morrer daquele jeito...

— Foi no campo, não foi?

— Pois foi na Laje do Tabuleiro, onde tem os cochos... A gente dando sal com quina, por causa que, por perto, lá, estava começando a aparecer peste. O gado fêmea todo reunido: as novilhas solteiras, as vacas amojando, as outras com as crias taludas, ou bezerrada miúda, de dias só. Seu Neco Borges tinha vindo com a família, para apreciar.

O burrinho pedrês

Seu Vadico gostava demais do Calundú, e o zebú também gostava dele, deixava o menino coçar o pelo e bater palmada no focinho... Doideira, eu sempre achei. Zebú é bicho mau, que a gente nunca sabe o que é que eles vão cismar de fazer...

— É mau, por causa que eles são tristes... Repara, só, no berro que eles têm...

— Sim senhor, deve de ser, seô Major. O Calundú, não sei se o senhor sabe, não batia em gente a pé... Ao depois, ele estava no meio da vacaria mansa... Seu Vadico foi fazer festa nele, dando sal para ele lamber na mão. A gente estava ali, com as varas... O boi alisava o menino com o focinho, e até parecia gente, carinhoso... Quem é que havia de somar? O senhor sabe que boi não entra na gente assim atôa, sem avisar: mesmo quando eles já estão fazendo gatimanha, sapateando, abrindo terra e soprando em riba, a gente precisa é de não apartar os olhos dos olhos deles...

— Toda a vida. Na hora de um boi partir na gente, os olhos mudam de jeito e ficam maiores, parecendo que não vão caber mais nos buracos das vistas...

— Pois eu juro, seô Major, que aquilo foi de supetão... Eu vi o Calundú abaixar a cabeça... Parecia que ele ia querer mais sal... E, aí, de testada e de queixo, ele deu com o menino no chão, do jeito mesmo de que um cachorro derruba uma lata. Seu Vadico caiu debruço, com a cabecinha para dentro das patas do touro... E ele nem pôs o pé em cima: deu uma passada para trás, e foi uma chifrada só... Depois, o Calundú sungou a cabeça, e o sangue subiu atrás, num repuxo desta altura:...!...

— Muito triste, Raymundão.

— Nós corremos, todos, mas não foi preciso tirar o zebú, porque ele deu as costas, e foi andando para longe, vagaroso, que nem que não quisesse ver o crime que tinha feito... Aquilo era sangue por todo lado, e o pessoal gritando... Seu Neco Borges virou um demônio, puxou o revólver... Mas seu Vadico, antes de morrer, falou determinado, que nem pessoa grande: — "Não mata o Calundú, pai, pelo amor de Deus! Não quero que ninguém judie com o Calundú!"...

— Um-hum!

— Seu Borges mandou levar para o seu Lourenço, na Vista-Alegre, para ser vendido ou dado de graça... Aí eu disse que levava, porque só eu era quem sabia fazer a *simpatia* do cambará. O senhor conhece? Pois eu juntei o bicho com um terno de vacas mansas, montei no meu quartão castanho, e joguei um raminho de cambará para trás: aquilo, o zebú me acompanhou, que nem um bezerrinho correndo para o úbere da mãe... Eu falava: — Vamos para adiante, assassino!... — Mas falava baixo, para ele não me entender... Não me deu trabalho nenhum. Agora, quando chegamos lá no Saco-do-Sobre, então foi que eu tive medo, porque a *simpatia* do cambará só serve para quando a gente está indo na estrada... Fui gritando: — Abram as porteiras dos dois lados, abrir logo!... — E emboquei e atravessei o curral, de galope, saindo da outra banda. Ele e as vacas entraram atrás, e os vaqueiros fecharam tudo. Mas, de noite... Eu pernoitei lá, e vi a coisa, seô Major. Ninguém não pôde pegar no sono, enquanto não clareou o dia. O Calundú, aquilo ele berrava um gemido rouco, de fazer piedade e assustar... Uivava até feito cachorro, ou não sei se eram os cachorros também uivando, por causa dele. Leofredo, que era de lá naquele tempo, disse: — "Ele está arrependido, por ter matado o menino"... — Mas o velho Valô Venâncio, vaqueiro cego que não trabalhava mais, explicou para a gente que era um espírito mau que tinha se entrado no corpo do boi... Parecia que ele queria mesmo era chamar alguma pessoa. Fomos lá todos juntos. Quando ele nos viu,

O burrinho pedrês

parou de urrar e veio, manso, na beira da cerca... Eu vi o jeito de que ele queria contar alguma coisa, e eu rezava para ele não poder falar... De manhã cedo, no outro dia, ele estava murcho, morto, no meio do curral...

— Às vezes vêm coisas dessas, que a gente não sabe, Raymundão.

— Isso, agora, eu acredito, seô Major. Sei de um caso que se passou, há muitos anos, contado por meu pai, que quando moço foi campeiro de um tal Leôncio Madurêra, no sertão. Leôncio Madurêra era um homem herodes, que vendia o gado e depois mandava cercar os boiadeiros na estrada, para matar e tornar a tomar os bois. Pois meu pai contava que, quando ele morreu, e os parentes estavam fazendo quarto ao corpo, as vacas de leite começaram a berrar feio, de repente, no curral. Coisa que o garrote preto urrava:

— *Madurêra!... Madurêra!...*

E as vacas respondiam, caminhando:

— *Foi p'r'os infernos!... Foi p'r'os infernos!...*

...Tiveram de soltar tudo e de enxotar para o pasto, porque eles não queriam sair de de-perto da casa. E meu pai contou que, de longe, a gente ainda escutava a maldição deles, que subiam o caminho do morro, sem parar de berrar:

— *Madurêra!... Madurêra!...*

— *Foi p'r'os infernos!... Foi p'r'os infernos!...*

...Arrepia as costas, mesmo para se contar...

— Medonho, Raymundão.

— Medonho, seô Major.

— Olha, Raymundão, daqui a pouco estamos chegando!

Já se avista, lá muito em baixo, o arraial: a igrejinha, boneca e branca, no tope do outeiro; as casas, da Rua-de-Baixo e da Rua-de-Cima; e a estação, com os trens parados, no meio da fumaça das locomotivas.

— Pois é, Raymundão, eu acho que tudo vai mesmo bem. E a respeito do Badú com Silvino, eu estou com você, que essa rixa dá em nada. Depois da estrepolia com o zebú que o Badú topou, não ficou tudo em risadas?

— Sim senhor, seô Major. Levaram a coisa na brincadeira.

— Você acha que o Silvino respeita muito o Tote, irmão dele?

— Até ontem, eu sabia que sim, seô Major. Mas aí eles tiveram uma discussão, e estão sem falar um com outro.

— Você sabe por que, Raymundão?

— No certo não sei, seô Major, porque ninguém não escutou o que eles falaram. Mas eu acho que foi por Silvino ter cobrado um dinheiro que o Tote estava devendo a ele...

— Ho-hô-hô-hô!... Está direito, Raymundão, tudo em ordem. Você me deu boa prosa e companhia... Agora, você pode ir, e manda o meu compadre João Manico aqui, para desberganhar de montada com o Francolim... Com Deus, Raymundão!

A um aceno do Major, se apressa de lá Francolim, escanchado em cima de Sete-de-Ouros, que vinha, até então, desatual, na marchinha costumeira, sem demonstrar cansaço, sem veleidades de empacar.

— Às ordens, seu Major.

— Escuta, Francolim: agora eu quero ver se você sabe prestar bem atenção nas coisas, para receber categoria de sujeito meu de confiança! Você é capaz de me dizer o que é que o Silvino vai levando hoje, com ele, de bagagem e mat'otagem?

— Ah, eu também já reparei, seu Major! — que é mais do que nenhum outro: patrona cheia e meio-saco cheio, na garupa, afora outros trens, embrulhados no capote... Se o senhor quiser conhecer o que é que está dentro, é só eu ir lá perto dele, conversar, e daqui a pouco eu volto, eu conto...

O burrinho pedrês

— Precisa não, Francolim. Olha o João Manico chegando com o cavalo. Destroca. Tem paciência, compadre Manico, este burrinho é hoje só. Até já, compadre! Corre Francolim, deixa de ajustar esse gorro bobo, que você já está bonito de mais. Galopa comigo, que é para o povo do lugar ver que o meu secretário é você...

Passam a ponte do ribeirão. Agora, um subúrbio do arraial, com as cafuas mais pobres. Lavadeiras, espaventadas, de trouxas nas cabeças, como lava-pés agredidas em seu formigueiro, fugindo com as ninfas e ovos brancos.

— Francolim, escuta: eu tenho um mandado sério, para você cumprir, com toda a regra, porque sei que você é o meu homem para isso. Espera. Boca fechada e olho aberto, na volta, Francolim. Eu resolvi ficar hoje no arraial, com a família, e você vai vir com os vaqueiros, trazendo na algibeira autoridade minha. Olha lá, Francolim, como é que você arranja as coisas, sem ninguém desconfiar de nós...

— Nem que eu morra em nome da lei, na palavra do senhor, seu Major!

A boiada entra no beco — "Tchou! Tchou! Tchou!"... — "Contado, Leofredo?"... — "Falta nenhum!" — "Ôi, gente, *corta aquele golpe*, Badú!"

— É para vigiar o Silvino, todo o tempo, que ele quer mesmo matar o Badú e tomar rumo. Agora, eu sei, tenho a certeza. Não perde os dois de olho, Francolim Ferreira!

Os cavaleiros se entremeiam na manada, falsando clivagens, fracionando o gado, para evitar embolamento. Num pataleio dianho, fazendo espirrar lama vermelha, metem-se pela rua principal. E quatro vaqueiros tocam adiante, dansando com os cavalos, trazendo-os nas esporas para ficarem firmes nos freios, e gritando com o povo, a impedir seja esmagada alguma pessoa ou criação.

João Guimarães Rosa

Mulheres puxando meninos para dentro das casas. Portas batendo. Gente apinhada nas janelas. Cavalgaduras, amarradas em frente das vendas, empinando, quase rompendo os cabrestos. Galinhas, porcos e cabritos, afanados, se dispersando sem tardança. E os vaqueiros, garbosos, aprumados, aboiando com maior rompante.

Com um último trompejo do berrante, engarrafam no curral da estrada-de-ferro o rebanho, que rola para dentro e se espalha, como um balaio de laranjas despejado no chão. Mesmo com a meia-chuva, vinha o povo do lugar, em fé de festa, para gozar o espetáculo. E começou o embarque — rico de sortes, peripécias e aplausos —, que durou mais de hora e meia, até a boiada inteira, lote a lote, desaparecer no bojo dos carros-jaulas dos dois trens especiais. E pois, logo depois, encharcados, enlameados, cansadíssimos e famintos, os vaqueiros saíram para comer, e beber, principalmente, porque força há na cachaça que custa dinheiro da gente. E, com isso, deixaram todos de caber no dia, que rodou e se foi, redondo e repleto, com a tarde a cair rente, uma tarde triste de tempo frio.

Enquanto isso tudo, na coberta do Reynéro, ali perto, afrouxadas as barrigueiras e tirados os freios, os cavalos descansavam. Longe dos outros, deixado num extremo, no canto mais escuro e esquerdo do telheiro, Sete-de-Ouros estava. Só e sério. Sem desperdício, sem desnorteio, cumpridor de obrigação, aproveitava para encher, mais um trecho, a infinda linguiça da vida.

De repente, na mata resseca do sonho, crepitou e chamejou o barulho: houve homens, indesejados, se mexendo, como bichos-de-queijo na boa espessura do silêncio. Eram os vaqueiros, voltando, em busca dos animais seus. Chegaram, montaram, saíram. Penúltimo, Silvino, pegando o amarilho crinudo; último, João Manico, pondo mão no poldro pampa; rindo e falando, muito, os dois. Com o que, no prazo de um bom

O burrinho pedrês

coice, e a não ser pelo mulo mísero Sete-de-Ouros, ficou vazio o galpão. Era uma vez, era outra vez, no umbigo do mundo, um burrinho pedrês.

Mas, agora, maior, mais real, direto — no lugar amplo e sem outras formas —, um homem sozinho: bebedérrimo, Badú. Pressentindo a vida ruim de regresso, então Sete-de-Ouros abriu bem os olhos, e avançou os beiços num derradeiro molho de capim.

— Que é do meu poldro?! Ô-quê!? Só deixaram para mim este burro desgraçado?... Só porque eu fui comprar uma prenda para a minha morena...

Sete-de-Ouros mastigava, mais depressa. E pausa.

— Ei, que nós dois somos mesmo burros, hem, pandorgas?

E Badú caminhou e puxou o burrinho do cocho. Sete-de-Ouros se aviou. O capim que ficara a sair-lhe dos cantos da boca foi encurtando e sumiu, triturado docemente. Então ele dilatou as narinas. Trombejou o labro. E fez brusca eloquência de orelhas.

— Fecha essa queixada, cujo, que isto não é comida, não, é o freio! E não me morde. Assim!

Sete-de-Ouros tornou a girar as vastas conchas, em circundução. Bateu com a mão direita. E bufou, abanando a cabeça.

— Se tu me der um coice, eu te amostro! Escuta o Rio Preto, burro bobo:

"Rio Preto era um negro
que não tinha sujeição.
No gritar da liberdade
o negro deu para valentão..."

— Deixa de chamar mais chuva, vá-s'embora, Badú! — gritaram, lá de fora.

— Uai, ainda tem algum sobrando? Que é do meu poldro?

Sete-de-Ouros enrugou a pele das espáduas. Foi amolecendo as orelhas. E fechou os olhos. Nada tinha com brigas, ciúmes e amores, e não queria saber coisa a respeito de tamanhas complicações. Badú montou.

— Vamos, briguélo!

A desproporção era grande, quando saíram pela rua, o homem num ridículo de pernas, quase arrastando os pés no chão. Alguém vaiou:

— Uê, Badú, vai vender leite? Que é das latas?... Você está carregando o burrinho por de baixo?...

— Cambada!

Dansando estão, dansando vão, as casas todas, em procissão. Mas, aqui, no fim do lugar, quem é este vulto de cavaleiro parado, na boca do beco do Gentil da Ponte? Francolim.

— Estava esperando, seu Balduino, por lhe fazer companhia...

— É... Ficam por aí, desse jeito, que eu até já ia passando fogo, pensando que era sombração!...

— Mas o senhor não está desarmado? Como é que ia poder atirar, sem ter garrucha nem revólver?

— Que me importa?! É de sua conta?

— Não seja por mal, seu Balduino, mas beber assim demais é facilitar...

— Cataplasma! Para conversar comigo, como amigo, têm de me tratar por Badú. E essa graça de "senhor", "senhor", também não me serve! Não gosto dessa cerimônia...

— É o direito, homem. Eu hoje aqui não sou eu mesmo: estou representando Seu Major...

— Nos cornos! Estou cuspindo nessa bobagem! Não quero prosa com gente pirrônica... Vou com paz, mas vou ligeiro, sem conversa!

E com isso concordou Sete-de-Ouros, não por causa das rosetas das chilenas — maus tratos não lhe punham posse — mas por

O burrinho pedrês

sentir, aberto adiante, o caminho de casa, enrolado e desenrolado, até à porteira do pasto: promessa de repouso e de solidão. Mais e mais, daí a pouco, quando escorregaram as rédeas, Badú pendeu para a frente, mãos perdidas, no cochilo da cachaça. Mas, mesmo assim, o passo do burro rendia pouco, só em sorna progressão.

— Homem ignorante... Malagradecido... resmungou, para si, Francolim.

No covo da ipueira, o coaxar dos sapos avançava longe e voltava — *um... um... um...* — como se corressem escalas em enorme teclado fanho. E, sobressaindo, aqui e ali, parecendo provir de grande esforço, o berro solitário do sapo-bezerro, regrôsso.

Escurecia. Sem se deixar ver, pouco de a uns poucos metros, ou de detrás das moitas, alguém podia matar fácil, com um tiro ou dois. E Silvino? Francolim deu de ombros e picou o cavalo, ainda atirando a Badú um olhar de desprezo, ao passar por ele, no galope.

Mal adiante um quilômetro, alcançava os outros vaqueiros. Vinham em fila índia, sopesando as varas. Cada um trazia, na capanga, bem agargalada, uma garrafa suplementar. Cavalgada estúpida. Sem a boiada, seriam como almas sem corpo. Sem a bebida menos conseguiriam tocar.

— Para com essa cantiga, Leofredo!

— Uai, é o coco do Mestre Louco...

Estiara a chuva. Mas um vento fustigou os galhos da beira da estrada, derrubando chuvisco.

— Já estão longe, aqueles...

— A boiada era boa.

Entravam na passagem do desbarrancado. Ainda havia um lusco-fusco, na estrada; mas, passo ou olhada, logo em volta, dava no pretume, que ia engrossando, imenso. Sinoca falou, para todos:

58   *João Guimarães Rosa*

— Tomara que se acabe o tempo dos embarques. O que eu não gosto, de trazer desse gado gordo, que vai para morrer... Quero mas é ir buscar boi magro, no sertão.

— Que nem que o Martinho, por roubar mulher dos outros, em garupa?

— Para isso — que é só eu ter minha vontade! Você não sara de implicar com a vida dos companheiros, Sebastião!

— Briga não, gente! Eu cá, por mim, gosto de ver é pessoa de opinião, como o João Manico, que não vai buscar boiada brava, nem ali perto no Pompéu...

— Ah, isso não é de pouca-vergonha nenhuma, e eu mesmo sei de mim. Não gosto, não vou mesmo!... A gente deve de ficar é na terra sua, por não precisar de ver muita coisa feia, que por este mundo tem...

— Essa cisma é só por causa de uma boiada, que estourou, é não, Manico?

— Vocês não estão cansados de saber?! Aí já contei, tanta vez...

— Eu não sei, juro. Quem falou isso comigo foi o Tote, mas não explicou nada como foi. Que é do Tote? Ó Tote!?...

— Não está aqui, não.

— Está indo lá adiante, com o irmão... Ó, Tote!?

— Eu aqui. O que é que estão querendo de mim? Já vou!

Mas, em vez de vir cá para o grupo, Tote continua falando com Silvino, a gingar, como um tamanduá de abraço armado, ao sabor dos arrancos do lobuno trotão:

— É a última vez que eu aconselho, mano, para não pensar nessa doideira que você quer fazer...

— Não adianta, meu irmão; é hoje! Sangro o homem. Juro em cruz!...

— Silvino, você vai se desgraçar...

O burrinho pedrês

— Já estou desgraçado, mano... Agora, só mordendo o duro dele... Deixa a gente passar o córrego e chegar na cava do matinho, no atalho... Faço o meu serviço, pego a estrada da Lagoa, e *calço de areia*... O sujeito vem no burrinho sem préstimo, e ele está tonto como negro em Folia-de-Reis... Cumpro, e caio no mundo. Você não precisa de dizer que sabia de nada... O crime é meu... Tenho sorte ruim!...

— Espera, mano... — sussurrou Tote, de repente. — Olha esse sujeitinho aí de especula...

— Será que ele ouviu?

— Não é capaz. Espera... Ei, Francolim, o que é que você vem fazer aqui, sorrateiro? Até parece, está querendo ouvir a conversa dos outros?

— Não me ofende, companheiro, que isso é coisa que eu não faço. Só estou é vendo que vocês dois já estão amigos outra vez...

— E é da sua conta, Francolim?!

Os três estacaram os cavalos.

— Tudo, hoje, é da minha conta, porque eu estou aqui é com autoridade, estou representante de seu Major!...

Os outros vinham chegando:

— Oh, Tote, garante uma palavra minha, aqui para o João Manico.

— Bem, pelo amor-de-deus vocês parem com isso, que eu não gosto de frojoca com o meu nome no meio! Eu conto. Conto, mas é a derradeira vez. Depois, não quero mais que ninguém venha falar nisso comigo!...

O grupo se uniu mais, todos querendo emparelhar com João Manico. Os cavalos se entrepisavam os cascos.

— E então, Manicão?

— Só conto porque é o meu compadre Sebastião quem está pedindo, mas não é para vocês fazerem teatrinho aqui, numa hora destas... E vão se desembolando para lá, que eu acabo tendo de sujar algum, na hora d'eu cuspir!

— Isso se deu há muito tempo, Manico?

— Se duvidar, para mais de vinte anos. Não tinha trem-de-ferro no arraial... Ainda nem tinha casa-de-fazenda na Tampa...

— Onde é que você campeava então?

— Para o meu compadre seô Major Saulo mesmo... Só que ele era moço e magro, nesse tempo, e a gente falava "seu Saulinho"... Ele já estava casado, casado de novo, e terras dele eram só as do Retiro, mais uns alqueires de pasto de brejo, no Pontilhão, que todo o mundo chamava só de Jatobá...

— Mas, como foi?

— Foi que a gente tinha ido por longe, muito longe mesmo, no fundo do sertão, lá para trás dos Goiás... Era porque por todo lugar tinha dado peste, e criação de chifre andava vasqueira, como nunca em antes. Pegamos uma boiada das carepas: só bicho mazelento e feioso: bom quase que nenhum, muito pouco marruaz taludo, tudo com focinho seco, gabarro, com carrapatos de todo tamanho, cheios de bernes e bicheiras, e com cada carne esponjosa de frieira entre as unhas, que era isto:...!...

— Paz para mim! Feito bois sem dono...

— ...Pois era uma gentinha magra mesmo héctica, tudo meio doente, que eram só se lambendo e caçando jeito de se coçar em cada pé de árvore que encontravam... Mas, para ser bravos, isso eles não estavam doentes, não, que eram só fazendo arrelia e tocaiando para querer matar gente!...

— Boi do mato, sem paciência...

— E ir buscar coisa ruim assim, tão longe!

— ...Pois foi... Eu cá, por mim, nem que não era capaz de desperdiçar dinheiro meu com aquele refugo de gado. Mas seu Saulinho — seô

O burrinho pedrês   61

Major Saulo, pelo direito — sempre foi estúrdio, pensando tudo por regra sua, só dele... Olha, assim uma vez, que nós chegamos no sítio de um homem sem um braço, lá perto do Paracatú: no curral, tinha uma vaca mestiça, meio pintarroxa... Quando nós íamos chegando, ela berrou, um berro bonito de buzina, que era todo cantado e só no fim era que gemia... Seu Major Saulinho estava alegre... Foi perguntando ao dono, gritando, ainda em antes de desapear do cavalo: — "Quanto quer pela clarineta?"... — "É cem mil-réis!"... — "Pois chego mais dez, pelo berro!"...

— Assim é que eu gosto! Dá respeito...

— ...É... Mas pagou atôa, atôa, sem precisão. Naquele tempo, isso era bom dinheiro... Mas, como eu ia contando, a gente estava desgostosa com aquele restolho de boiada má sem qualidade... Mas, o pior, Deus que me livre dele, foi o menino... o pretinho...

— Que pretinho, Manico?

— Um negrinho, que tinha também. Assinzinho, regulando por uns sete anos, um toquinho de gente preta... O fazendeiro que vendeu o gado pediu a seu Saulinho para trazer, para entregar a um irmão, no Curvelo, e seu Saulinho prometeu... Á pois, o tal pretinho era magrelo, com uns olhos graúdos, com o branco feio de tão branco, que até mesmo, Deus que me perdoe, mas eu acho que alguns pretos têm o branco-dos-olhos assim só para modo de assombrar a gente!... E, aquilo, ele chorava, sem parar, e de um sentir que fazia pena... Não adiantava a gente querer engambelar nem entreter... Eu pelejei, pelejei, todo-o-mundo inventava coisa para poder agradar o desgraçadinho, mas nada d'ele parar de chorar...

— Que inferno!

— ...E o gado também vinha vindo trotando triste, não querendo vir. Nunca vi gado para ter querência daquele jeito... Cada um caminhava um trecho, virava para trás, e berrava comprido, de vez em quando... Era uma campanha! A qualquer horinha a gente estava vendo que a boiada ia dar a despedida e arribar. E era só seu Saulinho recomendando: — "Abre o olho, meu povo, que eles estão com vontade de voltar!"

— E o menino preto?

— ...O pretinho vinha comigo na garupa, dando soluços grandes, e molhando minhas costas de tanta lágrima... Então eu falei: — "Olha os bois também com saudade dos pastos lá da fazenda"... — Para que foi que eu fui dizer isso! Ele abriu ainda mais no bué, e começou a gemer: — "Ai, seu mocinho bom! Ai, seu mocinho bom! Me deixa eu ir-s'embora para trás! Me deixa eu ir-s'embora para trás!"...

...Bem que eu tinha pena, mas que é que eu podia fazer? Fiquei calado, e deixei o pobrezinho ir gemendo. Quando ele viu que não adiantava nada pedir, garrou só a exclamar: — "Ai, seu mocinho ruim! Ai, seu mocinho ruim!... Eu só queria poder sentar agora, um tiquinho, naquela canastra de couro, que tem lá no rancho de minha mãe... Queria só ver, de longe, a minha mãezinha, que deve de estar batendo feijão, lá no fundo do quintal!"... E ele se abraçou comigo, feito um doido, e eu nem podia deixar que ele visse minha cara, porque eu estava com os olhos cheios de outras lágrimas, também...

...Nós tocamos cinco dias, sem sossego, porque não havia remédio nenhum para o gado perder aquela tristeza. A gente via que via mesmo eles resolverem, de repente, e darem para trás, todos juntos... De noite, ninguém dormia direito: a gente tinha de acender muitas fogueiras no redor, e passear com tição de fogo na mão, que era só no que eles atendiam, e assim mesmo muita vez estavam não querendo obedecer!...

O burrinho pedrês

...Afinal, atravessamos um rio grande, e ficamos mais descansados, porque agora decerto que eles iam tomar consolo e dar uma folga...

— E o negrinho?

— ...O pretinho, a gente perdeu a paciência com ele, e o Zacarias, que era o capataz nosso, passou nele um aperto: — "Se você chorar mais, dianhinho, eu te corto a goela, e amarro teu defuntinho preto em riba daquele boi jaguanês!..." Então o desgraçadinho arregalou muito os olhos, parou no meio do choro, ficou quieto e não gemeu mais. Também, não quis comer nem nada, naquele dia, e não dava mais resposta, quando a gente queria puxar conversa...

...De tardinha, a gente pousou num campo formoso, com aguada, cheio de coqueiro burití. Mas não tinha manga, nem malhador, nem pasto nenhum fechado, e então tivemos de pôr o gado *no encosto*... Encantoamos a boiada numa bocaina, e acendemos o fogo. — "Vocês hoje podem dormir..." — disse seu Saulinho. — "Só o Aristides e o Binga chegam, para vigiar por volta da meia-noite"...

...Eu já vivia quase caindo, de tonto de sono; por isso gostei da ordem de seu Saulinho, por demais. Comi meu feijão e sentei na raiz dum pau-d'óleo, pitando e já meio cochilando... E foi aí, bem na hora em que o sol estava sumindo lá pelos campos e matos, que o pretinho começou a cantar...

...Ah, se vocês ouvissem! Que cantiga mais triste, e que voz mais triste de bonita!... Não sei de onde aquele menino foi tirar tanta tristeza, para repartir com a gente... Inda era pior do que o choro de em-antes...

...E, aquilo, logo que ele principiou na toada, eu vi que o gado ia ficando desinquieto, desistindo de querer pastar, todos se mexendo e fazendo redemoinho e berrando feio, quase que do jeito de que boi berra quando vê o sangue morto de outro boi...

...Mas, depois, pararam de berrar, eu acho que para não atrapalhar a cantoria do pretinho. E o pretinho cantava, quase chorando, soluçando mesmo... Era assim uma cantiga sorumbática, desfeliz que nem saudade em coração de gente ruim... Mas, linda, linda como uma alegria chorando, uma alegria judiada, que ficou triste de repente:

...“Ninguém de mim
ninguém de mim
tem compaixão...”

Aquilo saía gemido e tremido, e vinha bulir com o coração da gente, mas era forte demais. Octaviano pediu a seu Saulinho para mandar o pretinho calar a boca. Mas seu Saulinho tinha tirado da algibeira o retrato da patroa, e ficou espiando, mais as cartas... Porque seu Saulinho não sabia ler, mas gostava de receber cartas da mulher, e não deixava ninguém ler para ele: abria e ficava só olhando as letras, calado e alegre, um tempão... E ele disse:

— “Deixa o menino chorar suas mágoas, que o pobre está com a alminha dele entalada na garganta!”...

...Aí, então, eu comecei a me alembrar de uma porção de coisas, do lugar onde eu nasci, de tudo... José Gabriel ficou cantando baixinho, para ele mesmo só, e pelo que com os dedos, do jeito de que estivesse acompanhando o canto do negrinho, numa viola qualqual... Aristides bebeu sua cachaça, que não foi brinquedo, mas ninguém não falou, porque o Aristides se estava com olho--de-choro... Até eu mesmo. Aquilo parecia: que a vaqueirada toda virando mulher...

...E o pretinho ia cantando, e, quando ele parava ponto para tomar fôlego, sempre alguma rês urrava ou gemia, parecendo que estavam procurando, todos de cabeça em pé... Então, o Binga me

O burrinho pedrês   65

disse: — "Repara só, João Manico, como boi aquerenciado não se cansa de sofrer"... — Mas, aí a gente foi cabeceando, em madorna. Sei de mim que ainda vi uma estrelinha caindo, e pedi ao anjo uma graça, de voltar com saúde para a casa que já foi minha, lá nas baixadas bonitas do Rio Verde...

...Então, eu acho que cheguei a dormir, mas não sei... O canto do pretinho, isso havia!... E sonhei com uma trovoada medonha, e um gado feio correndo, desembolado, todo doido, e com um menino preto passar cantando, toda a vida, toda a vida, sentado em cima do cachaço de um marruaz nambijú!...

...Foi de verdade? Foi visão de sonho? Eu já estou velho, para querer saber. Muita gente acha que sim, mas só tem coragem de dizer que não! Sei lá... Mas — Virgem Santa Mãe de Deus! — acordei, de madrugada, foi com os gritos do patrão. Que é do gado?! Só o rastro da arrancada. Tinham arribado, de noite!... Mas, ainda foi mais triste: no lugar onde deviam de ter ficado Aristides mais Octaviano, nem cadáver!: os bois tinham passado por cima, e, eles, mais os arreios que estavam servindo de travesseiros para eles dormirem, estavam pisados, moídos, tinham virado bagaço vermelho...

— Já vi disso, Manico. É a mesma coisa que quando eles estouram na estrada... Um assusta, com qualquer bobagem atôa, e sai na carreira, e os outros todos desandam atrás desse, correndo por informação, sem nem saber direito do quê... Adianta querer cercar, quando eles desembestam?... Derrubam paredes de tijolo, vão se matando uns aos outros.

— É, mas a pior de todas é a arrancada do gado triste, querendo a querência... Boi apaixonado, que *desamana*, vira fera... Saudade em boi, eu acho que ainda dói mais do que na gente...

— Mas, conta o resto...

— O resto! O resto foi que nós levamos mais de uma semana para poder ajuntar as reses outra vez... Tinham espandongado por ali a fora, e a gente foi achar uns atolados no brejão, outros de pescoço quebrado, caídos no fundo das pirambeiras, e muitos perdidos no meio do mato, sem nem saber por onde dar volta para acharem o caminho de casa... Outros tinham rolado rio abaixo, para piranha comer. E, os que a gente pôde arrebanhar de novo, deram, mal e mal, uma boiadinha chocha, assim de brinquedo, e numa petição-de-miséria, que a gente até tinha pena, e dava vontade de se botar a bênção neles e soltar todos no sem-dono! São, são, não tinha quase nenhum... Eram só bois náfegos, vacas descadeiradas, bezerros com torcedura de munheca ou canela partida, garrotes com quebra de palheta ou de anca, o diabo! E muitos desmochados ou de chifre escardado, descascado fundo, dando sangue no sabugo, de tanto bater testada em árvore... Por de longe que a gente olhasse, mesmo o que estava melhorzinho não passava sem ter muito esfolado e muita peladura no corpo... Um prejuizão!...

— E o pretinho, Manico?

— Ah, esse ninguém não viu, nem teve notícia dele mais!... Coisa. Deus que diga minha alma salva!... Por via dessa que houve, e de outras que podia haver, é que eu não gosto de ser andejo, e fico quieto no meu canto. Quem viaja por terras estranhas, vê o que quer e o que não quer!

— É isso mesmo...

— Bobagem! É andando que cachorro acha osso.

— Cachorro é quem quiser, mais a família! Não estou dando conselho...

— Não zanga atôa, Manico. Todo gosto é regra.

— Chega, gente. Ó Zé Grande, que é que você deixou cair?

— Risca um pau de fósforo...

O burrinho pedrês

— Nada não, gente... Estou estranhando o chão.

— O caminho está certo.

— Isto eu sei... Desencosta, Juca!

— É cisma. Vou beber outro gole, para ficar com mais caráter.

Os animais se atolavam no terreno empapado da várzea, que parecia um pantanal.

— Ôi, dianho!

Foi de repente: o cavalo de Benevides, que guiava a fila, passarinhou. Os outros empacavam, torcendo os pescoços.

— O que é? Alguma coisa?

— É o desgramado desse bichinho espírito. Olha só como é que ele canta!

— *João, corta pau! João, corta pau!*

— Passa fogo, Bastião!

— Espera, gente. Não é de pássaro nenhum que os cavalos estão com medo. É a enchente!...

— Não pode. Será?!

— Mas, como é que a enchente está chegando até aqui?

— É ela mesmo! Olha como esfriou: isto é friagem de beira de rio.

— É mesmo, gente.

— *João, corta pau! João, corta pau!*

— Mas a Fome passa longe, quase a quarto de légua... Só se a baixada virou lagoa...

— É manha dos animais.

— É mesmo...

— Não é, não, Leofredo... Escuta!

— É manha, sim. Quem estiver atrás, vá relando o ferrão, e eu quero ver se cavalo anda ou fala por que é que não anda!

— Não faz isso, Juca, espera.

— *João, corta pau! João, corta pau!*

— Vamos deixar chegar o Badú, mais o burrinho caduco, que vêm vindo aí na rabeira, minha gente!

— Isso mesmo, Silvino. Vai ser engraçado...

— Engraçado?! É mas é muito engano. O burrinho é quem vai resolver: se ele entrar n'água, os cavalos acompanham, e nós podemos seguir sem susto. Burro não se mete em lugar de onde ele não sabe sair!

— É isso! O que o burrinho fizer a gente também faz.

— *João, corta pau! João, corta pau!*

— Dou meu voto. Dou meu voto, e estou falando pensado, em visto o dever da continência que eu hoje tenho!

— Tira tua colher do tacho, Francolim! Isto aqui não é hora para palhaçada!

— Respeita o nosso patrão, Sinoca, que seu Major me entregou a responsabilidade dele, para tomar conta e determinar, nos casos...

— Bestagem... O-ô, Badú! Anda, homem!...

— Olha ele chegando...

— *João, corta pau! João, corta pau!*

— Lá vou eu, meus parentes!... Lá vou eu, suas injúrias-peladas de vaqueiros sem boi nenhum!

E, falando, Badú se abraçou com o pescoço do burrinho, numa ternura súbita...

— Eh, meu velho, coitado, que trapalhada! Estou doente, dei na fraqueza, com este miolo meu zanzando, descolado da cabeça... Muito doente... Estou com medo de morrer hoje... Mas, se você fosse mais leve, compadre, eu era capaz de te carregar!...

— Veio com o corno cheio... está bêbado que nem gambá.

O burrinho pedrês

— Ei, Silvino, por que é que você está chegando para perto do Badú, aí no escuro, coisa que você não deve de fazer?! Não consinto, não está direito, por causa que vocês estão brigados, e ainda mais agora, que o outro está tão bêbado assim!

— Tu arrepende essa boca, Francolim! filho de outra... Desarreganha, sai por embaixo!... Eu vou aonde eu quero!...

— *João, corta pau! João, corta pau!*

— Não adianta bufar que nem tigre, Silvino, que eu estou falando de paz, só na lei, no nome de seu Major!

— Não é caso de briga, Silvino, porque alguma razão Francolim tem.

— Alguma, não! Razão inteira, porque estou representando seu Major, por ordem dele, e meu revólver pode parir cinco filhotes, para mamarem no couro de quem trucar de-falso!

— Deixa de valentia boba, Francolim!

— Juízo, gente! Olha o burro...

Sete-de-Ouros parara o chouto; e imediatamente tomou conhecimento da aragem, do bom e do mau: primeiro, orelhas firmes, para cima — perigo difuso, incerto; depois, as orelhas se mexiam, para os lados —, dificuldade já sabida, bem posta no seu lugar. E ficou. A treva era espessa, e um burro não é gato e nem cobra, para querer enxergar no escuro. Ele não espiava, não escutava. Esperava qualquer coisa.

E, quando essa chegou, Sete-de-Ouros avançou, resoluto. Chafurdou, espadanou água, e foi. Então, os cavalos também quiseram caminhar.

Mas, aí soou o pio, que vinha da moita em cada minuto, justo:

— *João, corta pau! João, corta pau!*

E João Manico conteve a cavalgadura, e disse:

— Eu não entro! A modo e coisa que esse passarinho ou veio ficar aqui para dar aviso para mim, que também sou João, ou então ele está mas é agourando... Para mim, de noite, tudo quanto há agoura!

— Perde o medo, Manico! Você não sabe que joão-corta-pau é o passarinho mais bonzinho e engraçadinho que tem, e que nunca ninguém não disse que ele agoura?! Isto, que não veio falar aviso, nenhuns-nada, ele gosta é de se encolher dentro da moita, por causa do molhado, e é capaz que ele fique aí a noite toda, dando seus gritinhos de gaita... Vam'bora!

— Não... Não vou e não vou, de jeito nenhum! Para este poldro me tanger dentro d'água no meio do córrego?... O burrinho é beócio... E não vou mesmo! Não sei nadar...

— Pois, então, eu fico com você, Manico, para lhe fazer companhia...

— Eh, Juca! você não vem? Está com medo também?!

— Medo não, companheiro, dobra a língua! Estou meio ruim, resfriado, e não posso molhar mais o corpo!... Vamos voltar, Manico, para caçar um lugar alto, a donde a gente esperar que a sopa seque e que clareie o dia...

Manico tossiu e assentiu. Olhou. O último dos outros homens cavalgava para dentro da escuridão.

E era bem o regolfo da enchente, que tomava conta do plaino, até onde podia alcançar. Os cavalos pisavam, tacteantes. Pata e peito, passo e passo, contra maior altura davam, da correnteza, em que vogava um murmúrio. A inundação. Mil torneiras tinha a Fome, o riacho ralo de ontem, que da manhã à noite muita água ajuntara, subindo e se abrindo ao mais. Crescera, o dia inteiro, enquanto os vaqueiros passavam, levavam os bois, retornavam. E agora os homens e os cavalos nela entravam, outra vez, como cabeças se

O burrinho pedrês

metendo, uma por uma, na volta de um laço. Eles estavam vindo. O rio ia.

De curto, Sete-de-Ouros perdeu o fundo e rompeu nado; mas já tivera tempo de escolher rumo e fazer parentesco com a torrente. De trás, veio o ruído de muitas patas, cortando água, e um chamado:

— Segura bem, Badú! Me espera!...

E a voz de Silvino:

— Arreda, Francolim! Deixa eu passar!

Mas um rebojo sinuoso separou-os todos. O córrego crispou uma sístole violenta. E ninguém pôde mais acertar caminho.

Se Badú estivesse um pouco menos bêbado, teria sido mais prudente: seu a seu, porém, sentindo o frio duro nas coxas, apenas se agarrou, com força, ao burrinho.

— Eh, aguão!...

Pendeu demais, seguras as mãos na crina. Cabeceou e molhou a cara. Cuspiu. Vai, vai, que o burrinho avançava.

— Te vi, meu velho! O mundo está se acabando em melado!... — e rogou uma praga imoral, porque os gorgolões lhe repassavam cócegas no queixo, e tinha cãibras nas barrigas-das-pernas, tudo no desconforto de cruzar a cavalo um rio fundo, sem ter firmeza nenhuma, pois a água, por si sozinha, levanta o cavaleiro da sela, e o mesmo seria estar sentado numa plasta de angú mole.

— Ai, meu Deus, que nem beber não posso, que só disse copo e meio em antes, garrafa e meia ao depois!... Vam'embora, burro meu!

Contra o dito, sem porquê, bom e melhor que Badú estava como estava, que para córrego cheio mais vale homem muito ébrio, em cima de burro mui lúcido. Progrediam, varando os rolos d'água. — *Créu! Créu!...* — guinchou um bicho, nas vascas. — "Ôi, até mutum-do-mato está vindo morrer aqui?! Não tem asa, bobo?!... Ou será que é algum sariguê, de grito fino que nem passarinh'?"... — O dilúvio não dava fim. Sete-de-Ouros metia o peito. De enxurro a jorro, o caudal mais raivava, subindo o sobre-rumor. O burrinho se encolheu, deu um bufo. Avançou mais. Pesado, espadanando, pulou um corpo, por perto. — "São Bento me valha, que aí vem jacarezão, caçando o que comer!" — O mundo trepidava. Pequenas ondas davam sacões, lambendo Badú. Escurão. O burro para. O mundo boia. Mas Sete-de-Ouros esperou foi para deixar passar, de ponta, um lenho longo, que vinha com o poder de uma testa de touro. Desceu, sumiu. Em cima, no céu, há um pretume sujo, que nem forro de cozinha. Noite ruim. Agora, atrás, passa um bolo de folhas e galhos, danisco, que ainda agarra Badú, com uma porção de braços, empurrando. Força de mão, para jogar para lá essa coisama! Paz, que já virou, graç'a Deus, também. — "Me molhou todo, rasgou minha roupa, diabo!... Goiabeira, pelo cheiro... Fosse um imbaré ou um pau de espinho, me matava!"... — *Lhó... lhó... lhó...* — vão, devagar, as braçadas de Sete-de-Ouros.

Vestindo água, só saído o cimo do pescoço, o burrinho tinha de se enqueixar para o alto, a salvar também de fora o focinho. Uma peitada. Outro tacar de patas. *Chu-áa! Chu-áa...* — ruge o rio, como chuva deitada no chão. Nenhuma pressa! Outra remada, vagarosa. No fim de tudo, tem o pátio, com os cochos, muito milho, na Fazenda; e depois o pasto: sombra, capim e sossego... Nenhuma pressa. Aqui, por ora, este poço doido, que barulha como um fogo, e faz medo não é novo: tudo é ruim e uma só coisa, no caminho: como os homens e os seus modos, costumeira confusão. É só fechar os olhos. Como sempre. Outra passada, na massa fria. E ir sem afã, à voga surda, amigo da água, bem com o escuro, filho do fundo, poupando forças para o fim. Nada mais, nada de graça; nem um arranco, fora de hora. Assim.

O burrinho pedrês

E descia mais porcariada, mal visível, de ciscos e gravetos; desciam toros flutuantes, e corpos, mortos ou meio, de pelo, de escama e de pena, conviajando com a babugem e com os pedaços vegetais. Mas a enchente ainda despejava e engrossava, golfando com intermitências, se retorcendo em pororoca, querendo amassar cama certa para poder correr. Cada copa de árvore, emergente ou afundada, cada grota submersa ou elevação de terreno, tudo servia para mudar a toada das águas soltas. E, no bramido daquele mar, os muitos sons se dissociavam — grugulejos de remoinhos, sussurros de remansos, chupões de panelas, chapes de encontros de ondas, marulhar de raseiras, o tremendo assobio dos vórtices de caldeirões, circulares, e o choro apressado dos rabos-de-corredeira borborinhantes. Água que ia e vinha, estirando botes, latejando, com contra-correntes, balouço de vagas, estremeções e retrações. Mas, de repente, foi apenas uma pressão tesa e um grande escachoo. O frio aumentou. Estavam no leito primitivo e normal do córrego da Fome. Atravessavam a mãe-do-rio.

E ali era a barriga faminta da cobra, comedora de gente; ali onde findavam o fôlego e a força dos cavalos aflitos. Com um rabejo, a corrente entornou a si o pessoal vivo, enrolou-o em suas roscas, espalhou, afundou, afogou e levou. Ainda houve um tumulto de braços, avessos, homens e cavalgaduras se debatendo. Alguém gritou. Outros gritaram. Lá, acolá, devia haver terríveis cabeças humanas apontando da água, como repolhos de um canteiro, como moscas grudadas no papel-de-cola. A estibordo de Sete-de-Ouros, foi o berro convulso, aspirado, de uma pessoa repelida à tona, ainda pela primeira vez. Mas isso foi bem a uns dez metros, e cada qual cuidava de si.

Noite feia! Até hoje ainda é falada a grande enchente da Fome, com oito vaqueiros mortos, indo córrego abaixo, de costas — porque só as mulheres é que o rio costuma conduzir debruços... O cavalo preto de Benevides não desceu, porque ficou preso, com a cilha enganchada num ramo de pé-de-ingá. Mas o amarilho bragado de Silvino deve de ter dado três rodadas completas, antes de se soverter com o dono, ao jeito de um animal bom. Leofredo, não se achou. Raymundão, também não. Sinoca não pôde descalçar o pé do estribo, e ele e a montada apareceram, assim ligados os dois defuntos, inchados como balões. Zé Grande e Tote, abraçados, engalfinhados, sobraram num poço de vazante, com urubús em volta, aguardando o que escapasse das bocas dos pacamãs. Mas o que navegou mais longe foi Sebastião, que aproou — barca vazia — e ancorou de cabeça, esticado e leve, os cabelos tremulando como fiapos aquáticos, no barro do vau da Silivéria Branca...

Alguém que ainda pelejava, já na penúltima ânsia e farto de beber água sem copo, pôde alcançar um objeto encordoado que se movia. E aquele um aconteceu ser Francolim Ferreira, e a coisa movente era o rabo do burrinho pedrês. E Sete-de-Ouros, sem susto a mais, sem hora marcada, soube que ali era o ponto de se entregar, confiado, ao querer da correnteza. Pouco fazia que esta o levasse de viagem, muito para baixo do lugar da travessia. Deixou-se, tomando tragos de ar. Não resistia. Badú resmungava más palavras, sem saber que Francolim se vinha aguentando atrás, firme na cauda do burro. Aí, nesse meio-tempo, três pernadas pachorrentas e um fio propício de corredeira levaram Sete-de-Ouros ao barranco de lá, agora reduzido a margem baixa, e ele tomou terra e foi trotando. Quando estacou, sim, que não havia um dedo de água debaixo dos seus cascos. E, ao fazer alto, despediu um mole meio-coice. Francolim — a pé, safo.

Badú agora dormia de verdade, sempre agarrado à crina. Mas Sete-de-Ouros não descansou. Retomou a estrada, e, já noite alta, quando chegaram à Fazenda, ele se encostou, bem na escada da

O burrinho pedrês

varanda, esperando que o vaqueiro se resolvesse a descer. Ao fim de um tempo, o cavaleiro acordou. Bradou nomes feios, e começou a cantar um ferra-fogo — dansa velha, que os negros tinham de entoar em coro, fazendo de orquestra para o baile dos senhores, no tempo da escravidão. Aí, os camaradas que dormiam no paiol grande despertaram com a algazarra, vieram desmontá-lo, e carregaram com ele, para curtir a bebedeira num jirau. Depois, desarrearam o burrinho.

Folgado, Sete-de-Ouros endireitou para a coberta. Farejou o cocho. Achou milho. Comeu. Então, rebolcou-se, com as espojadelas obrigatórias, dansando de patas no ar e esfregando as costas no chão. Comeu mais. Depois procurou um lugar qualquer, e se acomodou para dormir, entre a vaca mocha e a vaca malhada, que ruminavam, quase sem bulha, na escuridão.

Nota

A riqueza de detalhes percebida nos contos de Guimarães Rosa é, sem sombra de dúvidas, fruto da extrema dedicação do ficcionista ao seu ofício. O escritor que concebeu uma nova forma de expressar na literatura de língua portuguesa debruçava-se longas horas sobre seus textos, remexendo aqui e ali as palavras e pontuações, retocando os cenários e episódios que compunham suas tramas para lhes dar a vida que mereciam. Nesse compromisso incansável de manejar cuidadosamente toda sorte de expressões que empregava em seus contos, Rosa simultaneamente denota uma grande naturalidade para narrar tudo o que projeta. Nada parece postiço em seu modo de bordar as aventuras de seus vaqueiros pelos sertões e rios de suas estórias. Tamanha fluência narrativa talvez possa ser compreendida pelo fato de o escritor ter mantido durante sua trajetória uma relação incomum com seu ofício de narrar e com seu tempo. Em entrevista concedida a Günter Lorenz, em janeiro de 1965, Rosa chegara a avaliar:

> As aventuras não têm tempo, não têm princípio nem fim. E meus livros são aventuras; para mim são minha maior aventura. Escrevendo, descubro sempre um novo pedaço de infinito. Vivo no infinito; o momento não conta.

E a proeza narrada por Rosa neste livro é a que abre *Sagarana*. "O burrinho pedrês" é o primeiro dos nove contos que compõem o livro fundamental do escritor mineiro, publicado pela primeira vez em 1946 pela Editora Universal. A estória se passa no interior de Minas Gerais e traz os "causos" e desencontros de vaqueiros na condução de uma boiada durante um dia de chuvas fortes. Num ambiente de intrigas e desentendimentos entre os homens que integram a jornada, o burrinho Sete-de-Ouros sintetiza a persistência e a sabedoria tão necessárias para contornar a situação de apuros que se configura durante o percurso.

O texto aqui presente tomou como base a décima edição de *Sagarana*, publicada pela Livraria José Olympio Editora em 1968. Procurando conservar a inventividade da linguagem criada por Guimarães Rosa, o texto foi revisto de forma cuidadosa, atualizando, de forma pontual, a grafia das palavras e acentuações conforme as reformas ortográficas da língua portuguesa de 1971 e de 1990.

Aqui, o leitor certamente acompanhará alegre as façanhas do burrinho Sete-de-Ouros que, à sua maneira, protagoniza o conto concebido pelo escritor mineiro. E testemunhará que, se o mundo instigou Rosa a fazer fábulas a partir do universo que conhecera, só cabe a ele montar firme em suas lendas e aproveitar a viagem rumo ao infinito vivido pelo escritor.

Os editores

Sobre o autor

João Guimarães Rosa nasceu em 27 de junho de 1908 em Cordisburgo, Minas Gerais, e faleceu em 19 de novembro de 1967, no Rio de Janeiro. Publicou em 1946 seu primeiro livro, *Sagarana*, recebido pela crítica com entusiasmo por sua capacidade narrativa e linguagem inventiva. Formado em Medicina, chegou a exercer o ofício em Minas Gerais e, posteriormente, seguiu carreira diplomática. Além de *Sagarana*, constituiu uma obra notável com outros livros de primeira grandeza, como: *Primeiras estórias*, *Manuelzão e Miguilim*, *Tutameia — Terceiras estórias*, *Estas estórias* e *Grande sertão: veredas*, romance que o levou a ser reconhecido no exterior. Em 1961, recebeu o prêmio Machado de Assis da Academia Brasileira de Letras pelo conjunto de sua obra literária.

Conheça outros títulos de João Guimarães Rosa publicados pela Global Editora

A hora e vez de Augusto Matraga

*As margens da alegria**

*Ave, palavra**

Campo Geral

*Corpo de baile**

Estas estórias

*Fita verde no cabelo**

Manuelzão e Miguilim

Melhores contos João Guimarães Rosa

*Noites do sertão**

*No Urubuquaquá, no Pinhém**

*O recado do morro**

Primeiras estórias

Sagarana

*Tutameia – Terceiras estórias**

*Zoo**

* Prelo